ちくまQブックス

地べたから考える

◆

世界はそこだけじゃないから

ブレイディみかこ

筑摩書房

はじめに

ちくまQブックスというシリーズは、中学生・高校生向けのものだそうで、その一冊となるこの本は、これまでわたしが書いてきた文章のアンソロジーだ。ちなみに、アンソロジーというのは、もともとは複数の作家による詩、短編小説、エッセイなどを集めた作品集を意味する言葉だったが、転じて、同じ書き手による作品の選集のこともそう呼ぶようになった。このアンソロジーは後者のほうであり、ここに収める作品の選者は、筑摩《ちくま》書房《しょぼう》で長年、高校生向けの国語教科書を作ってきた岩間《いわま》輝生《てるお》先生だ。

アンソロジーということは新たに書く必要はないのだな、と思ったが、どうやら新たに「まえがき」を書かねばならないらしく、その仕事にいま、わたしはたいそう苦しんでいる。というのも、正直に書いてしまっていいのか、いや、いいわけがないと悩《なや》んでいることがあるからだ。とは言え、何かを書かなければ先に進まないので、思い切って書くことにする。

わたしが中学生・高校生だったら、大人がティーン向けに作った本なんて絶対に読まないだろう。

「そんなものは大人が自分たちにとって都合のいい子（扱《あつか》いやすい子とか、教えやすい子とか、好感がもてる子とか）を大量製造したいがために作っている本に過ぎず、言い方を変えれば、支配の一環《いっかん》なのだ。いい子というのは、誰《だれ》かにとって都合のいい子のことだ。そんな卑屈《ひくつ》なもんに成り下がるなよ」

セーラー服姿のわたしが脳内に現れ、腰《こし》に両手をあてて仁王《におう》立ちし、そう叫《さけ》んでいる。この叫びを聞いていると、何を書いても噓《うそ》くさくなり、キーボードを打つ手が止まってしまうのだ。

このように、大人になった自分自身すら困らせているほど、ティーンの頃《ころ》のわたしはいい子じゃなかった。扱いやすくもなく、教えやすくもなく、好感ももてない子だったので、高校2年生になるときには担任になりたがる教員がいなかったほどだ。生意気だったし、学則に従わなかったからだが、それ以上に大人をムカつかせたのは、「関心のないことには関心がない」という態度を鮮明《せんめい》にしていたからだと思う。

いまは知らんが、わたしが高校に通っていた頃の日本では、関心のない教科でも関心のあるふりをして学び、それなりの点数を取ることが要求されていた。なのに、わたしは授業中にまったく関係ないジャンルの本を読んだり、白紙で答案を提出し続けた教科もあったので、「関心のあることしか勉強できない人間は、将来、社会で通用しない」と大人たちによく説教された。

だが、大人になって英国で子どもを育てたわたしは、英国の公立高校では自分の好きな科目を3つ選んで授業を受ければいいし、大学受験もその3教科だけでいいということを知っている。「通用する国もあるじゃん」といまさらながら大人たちに反論したくなるのだ。

「ほーら、やっぱり大人が子どもに言うことなんざ、自分たちの国のせせこましい制度に子どもを順応させようとする支配の一部でしかないんだよ。それを何より嫌《きら》ってたあんたが、なんで中高生向けのこんなもん書いてんの」

セーラー服を着たあの頃のわたしが、再びそう囁《ささや》きかけてくる。

彼女《かのじょ》を怒《おこ》らせず、中学生・高校生向けにわたしが発することができる言葉があるとすれば、それはどんなものになるだろう。

関心のあることには、関心がある。その態度を鮮明にせよ。

これならいいだろうか。

というのも、「関心のないことでも我慢《がまん》して勉強しろ」と説教されていたわたしは、同時に「そんなことには関心をもたなくてよろしい」とも大人によく言われていたからだ。

「関心をもたなくていい」と言われたのは、大人たちが勉強させたい事柄《ことがら》とは違《ちが》う、身近なところにある切実な問題だった。「どうして校則でスカート丈《たけ》が決められているのですか」とか「授業中に水を飲んではいけないなんて、健康によくないのでは？」とか言うと、「いらぬことを気にするな」と叱《しか》られた。

だが、そうした切実な疑問はいらぬことなのだろうか？

最近よく「問いを立てる力をつけよう」という言葉を耳にする。が、そもそも問いって立てるものなのだろうか。例えば、「たいへんな戦争が起きているが、君はそれに疑問を感じないのか」と言われても遠い国のことはピンと来ないし、「地球温暖化に関する切実な問いを感じないのか」と聞かれても自分はそうでもないという人もいるだろう。先生とか大人を満足させるために、こういう問いを立てている人もいるかもしれない。

問いを持つということは、それについて自分で調べたくなり、知りたくなることだ。

本気で探求したくなる問いは、誰かに言われて無理やり立てたものじゃない。むしろ、あなたがいま本当に関心を持っているもの、つまり、もうあなたの足元に立っている問いだろう。それは、「どうしてルックスのいい子だけがちやほやされるのだろう」かもしれないし、「わたしの親はこんなに必死で働いているのに、なぜわが家にはお金がないのだろう」かもしれない。

本気で前者の問いを探求し始めたら、「ルッキズム」という言葉があることを知ったり、世界各地で美の基準は異なることがわかって、偏見《へんけん》や人種問題について考え始めるかもしれない。後者のほうの問いはあなたを経済格差という言葉に導き、資本主義の問題点について考え始めるかもしれない。

このような問いと探求は、国語の試験や大学入試の小論文でいい点数を取ったり、大人を喜ばせたり、誰かを感心させたりするために必要なのではない。そうではなく、あなた自身がこれから生きていくために必要なのだ。

なぜって、自分の足元に立ち上がってくる問いから目をそらさず、その探求を続けなければ、人間は不当にぼったくられたり（難しい言葉で「搾取《さくしゅ》」と言ったりもする）、強い者からいいように小突《こづ》き回されたりしているのに自分ではそのことに気づかず、なんとなく生きづらいなあと苦しみながら、その理由がわからないので閉塞感《へいそくかん》だけが高まることになってしまうからだ。

生きるための問いは立てるものではなく、立ってくるものであり、すでに立っているもののことだ。

この本に収められたエッセイで、わたしはその時々に自分の足元に立っていた問いについて書いてきたつもりだ。

さて、あなたの足元にはどんな問いが立ってくる（あるいは、立っている）だろう。

目次

本文イラスト　須山奈津希

プロローグ　花の命はノー・フューチャー

例えば、クソの連続のような最低最悪の人生を清算するために、一発奮起して海外に羽ばたこうとしている娘《むすめ》がいるとする。

その娘の旅立ちの朝に、空港のような切羽詰《せっぱつ》まった場所で、父親が娘に一枚の紙を渡《わた》すわけである。「後で読め」などと言って、粗忽《そこつ》で無口な父親が、くしゃくしゃになった紙を娘の手に握《にぎ》らせ、背中を向けるのである。

娘は家族に別れを告げてから、搭乗口《とうじょうぐち》のそばの椅子《いす》に腰掛《こしか》けて、さきほど父に渡された紙をそっと開いてみた。

幼い子どもが書いた字のような、稚拙《ちせつ》な父の筆跡《ひっせき》がそこにある。

花の命は短くて、苦しきことのみ多かりき。　林フミ子

一読して、娘は眉《まゆ》をひそめた。なぜって、暗いからである。

こんな真っ暗な言葉を、自分の娘の目出度《めでた》い門出《かどで》に、なにゆえ贈《おく》っとるのだ、あの父親は。

普通《ふつう》はほら、〝僕《ぼく》の前に道はない、僕の後ろに道はできる。ああ、自然よ、父よ〟の高《たか》村光太郎《むらこうたろう》とか、そのあたりじゃないかと思うのだが、でも娘の親父《おやじ》は生粋《きっすい》の肉体労働者で、本なんか読ませると1ページ読むのに半日費《つい》やすような男だからそういう高尚《こうしょう》な詩は知らない。でも、それならそれでいっそ、〝幸せは歩いて来ない、だから歩いて行くんだね〟の水前寺清子《すいぜんじきよこ》とか、もっと前向きなチョイスがあるではないか、こう、門出に相応《ふさわ》しいやつが。

だのに、何処《どこ》で聞きかじってきたのか、いきなり気取ってこんな言葉をしたためてみたのはいいが、作者の名前すら漢字で表記できていないではないか。何を考えとるのだ、あの親父は。そもそも、きゃつはこの不吉《ふきつ》な言葉の意味を正確に理解しとるのか。こんな陰《いん》気《き》な文句を、人の旅立ちの日に読ませるな。けったくその悪い。

と云《い》うわけで、娘はその時父に贈られた言葉に感心しなかった。別れの餞《はなむけ》どころか、無気味な呪《のろ》いの言葉のように聞こえたので、父親に渡された紙そのものを空港のゴミ箱にうち捨てて、さっさと日本をおん出て来たのである。

しかし。あれから長い年月が過ぎ、海外に住み着いた娘の頭の中を、いまだに林フミ子の呪いの言葉がふっとよぎる瞬間《しゅんかん》があるのだ。

歳《とし》をとり、本当に苦しきことのみ経験するうちに、父親が気に入ったらしいこの言葉と、自分のフィロソフィーとに、実は通じるもののある事が、娘にはわかってきたのである。

花の命は短くて、苦しきことのみ多かりき。然《しか》り、ノー・フューチャー。

先なんかねえんだよ。あれこれ期待するな。世の中も人生も、とどのつまりはクソだから、ノー・フューチャーの想《おも》いを胸に、それでもやっぱり生きて行け。という事を、うちの親父と林フミ子は言いたかったのだなあ、と娘は最近酔《よ》った拍子《ひょうし》によく考える。

そして娘は、ソファの上に胡坐《あぐら》をかいてウィスキーをちびちびやりながら、親父が炬燵《こたつ》ばたでむっつり晩酌《ばんしゃく》している姿を思い浮《う》かべたりするのである。

林芙美子《はやしふみこ》とセックス・ピストルズ。

ノー・フューチャーの恨《うら》み節《ぶし》。

まさに、あの親にしてこの娘あり。

（２００４年）

Scene 1

子どもの情景

子どもであるという大罪

わたしは子どもが大嫌《だいきら》いだ。という歌が、昔日本にあったような気がするが、何を隠《かく》そう、わたしも子どもが嫌いである。なぜなら、小さな人々とは、文字通り、人間の未熟なものだからだ。純粋《じゅんすい》だのイノセントだのいう言葉で彼《かれ》らのことを表現する方々もおられるが、子どもがよからぬことや邪《よこしま》なことばかり考えて生きていることは、大人と呼ばれる年齢《ねんれい》の人間であれば、自らの経験から誰《だれ》しも知っているはずである。

　そもそも、子どもには人生における挫折《ざせつ》の経験がない。だから、友達が引っ越《こ》すとか、親に叱《しか》られるとか、仲間はずれにされるとか、そうした屁温《へぬる》いことでいちいち泣きやがる。彼らには、失業、離婚《りこん》、リストラ、借金地獄《じごく》、薬物依存症《いぞんしょう》、アルコール依存症、自己破産、というような本物の挫折の体験がない。いわば、自分にもっと能力があり、頭脳明晰《ずのうめいせき》で、勤勉な性質を持っていればここまで堕《お》ちることはなかった。誰が悪いのでもない。駄目《だめ》で無能なのはわたし自身だ。自分の責任である。という動かし難《がた》い真実に直面したことがないのだ。

　だから、子どもには他人の痛みとか、他人と自分の間には一定の距離《きょり》が必要であるとかいう常識が、さっぱりわからない。たまにそういう大人もいるが、そういう人々は子どものまま成長が止まっているのである。山田詠美《やまだえいみ》が昔、何かの本で、「子どもっぽい」という日本語を英語にすればChildishとChildlikeの二つになり、そのうちのどちらかは良い資質であって、どちらかは駄目。みたいなことを書いていたような気がするが、わたしは両方駄目だ。CHILDがついた時点でもうアウトである。

　そんなわたしであるからして、この歳《とし》になるまで一度も身籠《みごも》ったことがないというのも、「こいつにガキなんか任せたら、えらいことになる」と直感した大自然の計らいなのかもしれず、「お前が子どもを産んだら、ぶち切れるか過失で、絶対に殺すな」という連合いは、さすがによく配偶者《はいぐうしゃ》のことを理解している。

だのに、そんな〝母性〟の欠片《かけら》も備えておらず、小さな人々と付き合った経験などもう何十年もないわたしが、最近、ひょんなことをきっかけとして、近所の家の9歳《さい》の子どもを預からねばならない羽目になってしまった。

というのも、少年Aの母親の哀願《あいがん》とギネス1ダースに負けて、Aをうちに遊びに来させることになってしまった。何ゆえ当該《とうがい》母親がそこまで哀願し、わたしまでそのウィッシュに応えてしまったのかというと、そこには、当該母親の元夫であるところのAの父親が、英国人と日本人の両親を持っているという事情がある。

Aは学校で苛《いじ》められているせいもあって登校拒否《とうこうきょひ》気味であり、無趣味《むしゅみ》・無関心で、とにかく何事に対してもやる気がないと云《い》う。が、どうも日本的なものには興味があるらしく、父方の祖母（日本人）に貰《もら》った日本の名所の写真や日本語の絵本などを眺《なが》めるのが大好きであり、近所をほっつき歩いているわたしの姿を見、また、わたしが日本人であるということを知って、珍《めずら》しく自発的に興味を覚えていると云う。

「だから、ちょっと日本のことやなんか、話してくれないかしら。そうすれば、あの子にとって、何らかのモチベーションになるんじゃないかと思うの」

とAの母親に説得されて、ついにご本人と対面の儀《ぎ》と相成ったわけだが、いざ会ってみると、この子が大人以上に大人なんである。淡々《たんたん》と、よく考えてから物を言うし、きちんと距離をおいて他人と付き合うことを知っている。子どもという感じがしないのだ。

会う前は、日本の話っつったって、何だろう。ポケモンだデジモンだって言われてもわけがわからないし、わたしゃ折り紙の鶴《つる》さえ折れない。と悩《なや》んだものだったが、北野武《きたのたけし》の映画（特にヴァイオレントなものは除く）のヴィデオを見せると、退屈《たいくつ》せず食い入るように見ており、尋《たず》ねてくる質問も気が利《き》いている。頭のいい子なのだ。学校では学習障害の疑いがあると言われているらしいけれども。

「自分の父親じゃない男と母親の間に弟が二人もできて、親はそっちにかかりっきりだから、ああいう大人しい子どもになったんだろう。なんか悲しい気はするけどな」

と連合いは言うが、わたしは大歓迎《だいかんげい》である。人の痛みを知っている人間としか、わたしは付き合いたくない。

そういうわけで、仕事が暇《ひま》になると時々Aを呼んで一緒《いっしょ》にヴィデオ観賞をしたり、日本茶をすすりながらせんべいを食ったりするようになったのだが、そんなある日、わたしは、バス停からの帰路において、Aが近所の子どもたちに苛められているシーンに遭遇《そうぐう》したのである。

久々に目にした生の子どもの世界とは、猿山《さるやま》の光景だった。

あやつらには、言っていいことと悪いこと、していいこととしてはならないことの区別がつかない。他人に悪態をついたり、他人のあげ足を取ったりするのは、はっきり言って、大人でも嬉《うれ》し楽しいものだ。だが、大人と呼ばれる人間（歳とは関係なく）がそれをしなかったり、限界というものをわきまえていたりするのは、自分も傷ついた経験があるからだ。しかし、子ども（しつこいようだが、年齢とは無関係）は、人生経験の乏《とぼ》しいバカ故《ゆえ》にその楽しみや喜びをマキシマムに追求しようとする。たまに「子どもらしい子どもを育てたい」などという人がいるが、そんな恐《おそ》ろしいものを育てるのはやめていただきたい。わざわざヒトをサルに育成してどうするのだ。

というわけで、「こらあ、なんばしよるとか（急に武田《たけだ》鉄矢《てつや》の母ちゃんになったわけではなく、あくまでも英語）。一人ヴァーサス三人はアンフェアやろうもん」と声をかけると、猿どもが「F*ck off, Chinky（中国人に対する差別的呼称《こしょう》）」などと大人を舐《な》めきった口をきくものだから、「貴様らこそFu*k offじゃ、Little sh*ts」「Slitty eyes（吊《つ》り目）」「やかましい、このPotato heads」と会話を続けていると、Aが、「もういいよ。行こう」とわたしの手から書類鞄《しょるいかばん》をむしり取るようにして、しゃかしゃかと歩き始めてしまった。と思った。

わたしが我を忘れてしゃしゃり出て行ったことにより、Aは、「中国人に庇《かば》われた」と学校でさらに笑われ、苛められるに違《ちが》いない。猿どもにとっては、わたしこそがChinky monkeyなのであって、怖《おそ》れを抱《いだ》く対象ではなく、からかう対象なのである。うっかり忘れていたが、わたしはこの国では、普通《ふつう》のババアではなかったのだ。わたしは、あくまでもガイジンのババアなのである。

「F*cking Chinky」「黙《だま》って春巻でも揚《あ》げてろ」の罵声《ばせい》を背中に浴びながら、Aの小さな後ろ姿を見つめつつ歩き始めたときには、わたしは自らの愚鈍《ぐどん》さにうちひしがれていた。

「ごめんね」

と背後から詫《わ》びると、

「いいよ、この鞄、全然重くないもん」

とAが振《ふ》り向いて笑った。

穴があったら入りたかった。そして、そこで生涯《しょうがい》を終えてもいいと思った。

一番CHILDなのは、わたしだったのである。

（2005年）

後日談

思えば、これを書いた2年後にはわたしは保育士になる決意をして、資格取得のために「底辺託児所《たくじしょ》」とわたしが勝手に呼んでいる託児所で働き始めた。いや、しかしわたしは子どもが大嫌いだったのである。この冒頭《ぼうとう》に書かれているとおり。

「わたしゃ折り紙の鶴さえ折れない」と書いてあるが、実は以前つとめていた民間の保育園では、わたしは折り紙のエキスパートになるほどその技《わざ》を習得し、近所の保育園のスタッフにまで教えに行っていた。人間というものは一寸先に何が待っているかわからないものだ。

このときの少年Aとの体験は、その後のわたしのキャリア選択《せんたく》に明らかに影響《えいきょう》をおよぼしていると思う。

あと、もう一つ思うのは、さいきん、EU離脱《りだつ》問題*が浮上《ふじょう》して、やたらと英国でレイシスト*的発言が増えたみたいな報道が伝えられているけれども、はっきり言ってそんなのはいまに始まったことではなく、これを読んでもわかるように、下層社会ではむかしからあったよ。ただ、なんかこれを読むと、むかしのほうが言うほうも言われるほうもからっとしていたというか、「チンク」とか「吊り目」とか言われても、「お前の母ちゃん出べそ」程度のインパクトしかなかったというか、いまみたいにドロドロしてなかった。

時代がやけに深刻化して、いろんな人の顔に劇画ちっくな陰影《いんえい》が入ってるような、息苦しい感じになってるよなと思う。こういうレイシズムについての文章とか、いまはもう笑いを交えて書けないし、ユーモアとか混入させたら叱り飛ばされそうな雰囲気《ふんいき》あるもんな。『モンティ・パイソン』も時代錯誤《じだいさくご》なとんでもないコメディと呼ばれてるしな。

（2017年）

＊**EU離脱問題**……通称ブレグジット（Britain と Exit（脱出）を組み合わせた造語）。ヨーロッパの28か国が加盟しているEU（欧州連合《おうしゅうれんごう》）は、圏内《けんない》の移動を制限せず、イギリスでは東ヨーロッパなどからの移民が増加した。EU共通のルールにしばられず、自分たちのことは自分たちで決める権限を取り戻《もど》したいという機運が強まり、2016年の国民投票で離脱が決定、2020年には正式に離脱した。

＊**レイシスト**……人種差別主義者。

ガキどもに告ぐ。こいのぼりを破《は》壊《かい》せよ

屋根よりた〜か〜いこいの〜ぼ〜りいいい。大きいまごい〜はあ〜おとっつぁん〜。などと鼻歌を歌いながらこいのぼり工作にいそしんでいるのは、何も幼い息子《むすこ》がいるからというわけではない。

底辺託児所でこいのぼり製作をしようと思っているのだが、いい意味で言えば独創的。悪い意味でいえばやりたい放題で収拾《しゅうしゅう》がつかないやつらのことなので、日本の保育園のように最初から目標とするモデルを設定しておいて、そこに到達《とうたつ》できるようにあらかじめ画用紙を魚形に切っておくとか、鯉《こい》の目玉を用意しておくなどして、全員を同じゴールに導く。というやり方では無理だ。ではどのような素材を準備して各人にやりたい放題させればよいのか、酒をかっくらいながらあれこれ試行錯誤中なのである。

わたしは季節の行事などはわりとどうでもいい方だが、底辺託児所では一応子どもたちと一緒にひな人形製作もやってみたし、正月には凧《たこ》なんかも作ったりした。当然ながら底辺託児所のことなので、全員真っ黒な喪服《もふく》のひな人形セットや、人間のお内裏様《だいりさま》&羊のお雛様《ひなさま》という発禁ポルノ系な組み合わせのひな人形もあったし、体中に糸を巻きつけて自分が凧になって走り回っていた者もいたし、その子どもが体に巻いた紐《ひも》を引っ張ってぎりぎり他人の肉体を絞《し》めあげて喜んでいるSな幼児なんかもいた。

多様性を教育の柱のひとつにしている英国では、幼児教育現場でもさまざまな国の文化を紹介《しょうかい》することが奨励《しょうれい》されているわけだが、わたしにとっても子どもたちに日本文化を紹介するのは面白《おもしろ》い。

たとえば、昨年の子どもの日に新聞紙で折った兜《かぶと》を見せた時である。

「どうしてボーイズの日だからと言って、男子がそんなものを被《かぶ》らなきゃいけないんだろ?　ボーイズがみんなヒーローになりたいと思ってるとは限らないし、サムライの恰好《かっこう》なんてダサいと思うファッショナブルな男子だっているはずだ」と、当時5歳のレオが言った。彼はアートデザイナー系のゲイの両親に育てられていたから、そりゃあ武者人形だのなんだのという世界はアホみたいに思えたはずだ。

また、ひな人形を製作した時には、女児メイが紺色《こんいろ》のフェルトで着物を製作しはじめたので、「プリンスの着物を先に作ってるの?」と尋ねると彼女《かのじょ》は答えた。

「プリンスの着物だよ。プリンスの着物はピンクにするんだ。ブルーを見るとすぐ男の子の色だと思う大人はファッキン・スチューピッドなんだってマミイがいってたよ」

言い方は断定的できついが、彼女とその母の主張は正しい。

貧民《ひんみん》リベラル*。という思想が存在するのかどうかは知らないが、①世間体《せけんてい》だのおモラルだのというものに屁ほどの価値も感じない（というかそんなものは何の腹の足しにもならない）ところで生活している人びとの考え、②自ら選んで社会の底辺に落ちて来た、物質的なものではなく精神的なものを重んじて生きようと決めた人びとの、理想郷的リベラルワールド。は、実際のところ非常によく似ている。そのことは、①および②タイプの親の子どもたちが一緒くたになって遊んでいる底辺託児所で働いているとよくわかる。

幼児たちの言うことは、共通して〝ノーマル（人並み）〟のコンセプトを疑い、拒否しているからだ。

お父さんとお母さんがいて子どもがいる家庭がノーマル。なんで?

両親が女性&男性で構成されている家庭がノーマル。なんで？

親は勤労していてその収入で生活する家庭がノーマル。なんで？

じっさい、②タイプの親には政府の教育制度を信用してない人が多いので、〝ホーム・エデュケーション〟制度を選択し、子どもを学校に通わせていない人が多く、底辺託児所にはそうした学校に行かない子たちの妹や弟が来ているので、子どもは毎日学校に通うのがノーマル。みたいな考え方にも、なんで？　となる幼児は少なくない。

壊《こわ》れている。とも言えるだろうが、視野がワイド。とも言える。

「人間はこうでなければいけない」から、これほど解放されている子どもたちも珍しい。

労働党政府が打ち出している教育の一大テーマは、社会包摂《しゃかいほうせつ》だ。

身体的&精神的能力がどうであろうと、人種が何であろうと、性的オリエンテーションがどうであろうと、宗教や信条、思想がどうであろうと、社会的・経済的階級が何であろうと、全ての人びとを同等に受け入れ、社会の中に包摂しましょう。という社会的包摂の理念が教育にも反映されているわけである。

この考え方の基盤《きばん》にあるのは、「ノーマルの基準は人によって違うのであり、〝こうでなくてはいけない〟ということはない。だから全ての人間に社会参加の権利がある」ということだ。

英国がこのような理想を本気で推進するに至ったのは、国内（とくにロンドン）に外国人が激増したこと。そして、〝（とくに米国を意識して）インテリで寛容《かんよう》〟な国民性であることを自認《じにん》している人が上層部に多いからだが、現状としての社会的包摂は完全にコケているというか、そんな言葉とそのコンセプトがあることを聞かせたら、たとえば白人のティーンエイジャーに刺《さ》されたことのある近所のたばこ屋のインド人の大将なんかは爆笑《ばくしょう》するか激怒《げきど》するかのどちらかだろう。

が、わが底辺託児所に来ているガキどもの貧民リベラルなスタンスに触《ふ》れる時、この託児所ほど社会的包摂が進んでいる場所はないのではないかと思うことがある。〝こうでなくてはいけない〟の枠《わく》からこぼれ落ちたところで生きている子どもたちは、そういう概念《がいねん》を通して他人を見ることはないので、誰でも受け入れられる度量を持っている。

先日、英国政府の幼児教育施設監視機関《しせつかんしきかん》であるところのＯＦＳＴＥＤの職員が底辺託児所へ監査にやってきた。インターネットでも閲覧《えつらん》できる同機関の底辺託児所監査レポートには「社会的包摂の推進がこの施設の最大の強みであり、彼らが行うこと全ての拠《よ》り所になっている」と記されている。

「なんでボーイズ・デイはサムライ人形を飾《かざ》るのに、ガールズ・デイはプリンスとプリンセスの結婚式《けっこんしき》の人形を飾るの？　ひょっとして日本のガールズは、結婚することがハッピーになることだと思っているの？　……ジャパニーズ・ガールズってドリーマーズだね」

とメイは言った。こんな言葉を吐《は》く5歳児は日本の保育施設にはいないだろう。ガラが悪くて貧しいだけではない。何か非常にレアなものが彼らの中で育っている。

というわけで5月5日は紙と布と紐と絵の具だけ用意して後はどうにでもなれ方式でいくことに決めた。

鯉なんて面白くないと言って豚《ぶた》を泳がせるやつや、絵の具を自分の顔に塗《ぬ》って鯉みたいに口をぱくぱくさせているやつや、製作の趣旨《しゅし》を全く無視して画用紙に黙々《もくもく》と風景画を描《か》きはじめるやつなどが続出し、さっぱりわけのわからない状況《じょうきょう》になっているだろう。

それでいい。というか、それがいい、のである。

〝こうでなくてはいけない〟ということはないのだ。

（2009年）

RISE 出世・アンガー・蜂《ほう》起《き》

＊ブライトンに夏が来ると、わたしの週末を支配するのは、息子の友だちのバースデイ・パーティ・ラッシュである。

夏のあいだに誕生日を迎《むか》える子どもたちの親が、学期中にパーティを終わらせようとするので、土曜の朝はこっちのパーティ、午後はあそこのパーティで日曜もまたパーティ。といった按配《あんばい》だ。英国人のパーティ文化は、幼少の頃《ころ》のバースデイ・パーティではじまる。わたしの周囲でいま一番パーティ・アニマルなのは、ゲイの同僚《どうりょう》とうちの小学生の息子だ。

しかし、このパーティにしろ、すべての子どもたちが開くわけではない。息子の学校は、

＊**リベラル**……社会の規律や習慣、権威《けんい》などにとらわれないさま。自由であるさま。

＊**労働党**……イギリスでは、保守党と並ぶ二大政党の一つ。1997年に18年ぶりに政権を奪《うば》い、自由主義経済と福祉《ふくし》政策の両立をうたう「第三の道」路線を提唱した。しかし、この文章が書かれた翌年の2010年には、13年ぶりに与党《よとう》の座を保守党と自民党の連立政権に明け渡《わた》した。

富裕区《ふゆうく》と貧民区との二つの教区合併《がっぺい》の形で作られたカトリック校であり、公立校にしては子どもたちの家庭の階級に幅《はば》がある。とはいえ、日曜ごとに教会に通っているようなカトリック信者は、裕福な教区のほうが絶対的に多いので、リッチ派がマジョリティだ。で、趣向《しゅこう》を凝《こ》らしたパーティを開くのはこの層の方々になるわけだが、ついに不況の波が彼らにも及《およ》んでいるのか、クラス全員を招待した大きなパーティというのは稀《まれ》である。

つまり、子どもたちが、「君は招かれているのに、僕《ぼく》は招かれていない」という残酷《ざんこく》なリアリティを直視しなければならなくなった。で、小学生のパーティ・シーンを見ていて気づくのは、招待者の選択には決まったパターンがあるということである。

親たちの階級や肌色《はだいろ》、趣味《しゅみ》趣向（聴《き》いていそうな音楽とか）により、招かれている子どもたちのメンツが違う。社会的にリスペクタブルなミドルクラスの子どもたちのパーティには白人の金持ちの子どもが中心に招かれているし、ミドルクラスでもちょっとボヘミアンというか、芸術家とか作家とかそういう仕事をしておられる人々や、鼻にピアスした弁護士なんかの子どものパーティでは、外国人や貧民の子どもの割合が増える。ワーキングクラスの親は大人数のパーティは開かないので、近所に住む同じ階級の子どもたちしか招かれておらず、ここもさらに二つのグループに分かれるのだが、聖ジョージの旗を一年中掲《かか》げているようなお宅ではやはり英国人の子どもの集まりになるし、なんか若い頃に妙《みょう》な音楽でも聴いて道を踏《ふ》み外したのかな、というようなリベラルな貧民の家庭は外国人の子どもも招く。この年齢では、まだ親が幅をきかせているので、子どもというより親のセレクションになるのである。

子どもたちが自分の人種や親の収入、交際すべき人々といったソシオエコノミックな自分の家庭の地位をリアルに理解し始めるのは、こういった社交イベントを通してかもしれない。学校ではみな平等が理念だったとしても、いったん家庭に戻れば、巷は階級だの人種だのといった醜《みにく》いイシューにまみれている。

たとえば、うちの息子のクラスにTというヴェトナム人の少年がいる。大変に勤勉な彼の両親は、20年前にはロンドンの中華料理屋《ちゅうかりょうりや》で働いていたそうだが、いまではお父さんはICTコンサルタント会社の経営者、お母さんは金融街《きんゆうがい》シティの大手会計事務所勤務という、絵に描いたようなソーシャル・クライマー*の家庭である。

うちのような保育士とダンプの運ちゃんの家庭は生粋《きっすい》の労働者階級だし、ソーシャル・クライミングどころか、どちらかと言えば年々下降気味なのだが、わたしが東洋人のせいか、このヴェトナム人のご夫婦《ふうふ》は富裕層のわりにはよく話しかけてくる。

特に、学芸会か何かでお会いしたときに、うちの連合いが「うちの子は半分イエローだから、いじめられるときが必ずくる。そのときに自分の身を防御《ぼうぎょ》できるよう、日本のマーシャル・アートを習わせている」と言ったときは、ご夫婦で真剣《しんけん》に聞き入っておられ、いまではTもうちの息子と同じ道場に通っている。

そんな風だから、やはりレイシズム問題には敏感《びんかん》でいらっしゃるのだろうが、このご夫婦が先週末、Tのバースデイ・パーティを開いた。久しぶりに、クラス全員が招待されたビッグな催《もよお》しだ。普通は欠席する子が何人かいるのが当たり前なのだが、この日は全員勢ぞろいのようだった。息子を迎えに行くと、ちょうど記念撮影《きねんさつえい》をしているところだったのだが、ふと、一人だけ不在の少年がいることに気づいた。

「なんでRは来てなかったの？　具合でも悪かったの？」

帰り道で聞くと、息子は黙っている。

「ロンドンの叔母《おば》さんとこにでも行ったのかな？」

息子はうつむいたまま、ぼっそりと言った。

「Rは招待されなかったんだ」

「えっ。でも、クラスの子、全員いたじゃん」

「Ｒだけ、招待されなかった」

「そんなはずないよー。招待されたけど、来れなかったんでしょ」

「……Ｒの引き出しにだけ招待状が入ってなかったんだ。僕、Ｒと仲いいから、Ｔに訊《き》いたんだよ。『入れ忘れたんじゃない？』って。そしたら、Ｔは急にもじもじして、『お母さんが決めたことだから』って」

そういう発想はしたくない。

そういう思考回路を持つわたしこそが、レイシストなのかもしれない。

が、最初に思ったのは、Ｒはクラスで唯一《ゆいいつ》のブラックだということだった。

で、学芸会だ、サマー・フェアだ、と学校での催し物があるたびに、ヴェトナム人のＴの両親が、アフロカリビアンであるＲの両親をあからさまにシカトしているのではないかと思える場面があったということである。

「Ｒは、なぜか外国人の子のパーティには招待されないんだよね」

と息子は言った。

「Ｔもそうだし、ポーランド人のＭも。メキシコ人のＶもそうだった。外国人って、Ｒが嫌いなの？」

と言われたときには、返す言葉を失った。

たとえば、一昔前までは、さまざまな肌色をした底辺外国人の「対イングリッシュ」みたいな団結力が強固で、それはそれで敵対感に溢《あふ》れすぎていて鬱陶《うっとう》しくなることもあったが、ちょっと階級を昇《のぼ》ったりすると、外国人こそが最も積極的に他の外国人を排他《はいた》する人々になるというのは、あまりにリアルでサッドだ。

「そんなことないよ。母ちゃんは外国人だけど、Rと彼のファミリーが大好きだ。Rの父ちゃんはユース・ワーカーだし、母ちゃんはソーシャル・ワーカーだ。アフリカから来て、この国の子どもたちをサポートしている彼らは、本当に素晴《すば》らしい仕事をしている」

とわたしは言ったが、Rの親友である息子は黙って下を向いていた。

Tのパーティがあった週末明けの月曜日、いつものように息子を学校まで送って行くと、学校の正面玄関《しょうめんげんかん》にたむろしている親たちは、みな口々にTのパーティを誉《ほ》めそやし、Tの母親にサンクスを言っていた。

それらの親たちと目を合わさないように、Rの父親は、ひっそりとRを玄関の脇《わき》に残して去って行く。クラス全員が招かれているのに、一人だけ招かれなかったという子どもの気持ちも悲しいが、親の気持ちもつらい。と思った。

Rの父親と目が合ったので手を振ると、何とも居心地《いごこち》の悪そうな、こちらが胸苦《むなぐる》しくなるような笑顔《えがお》で親指を突《つ》き上げて見せる。

どうして人間というものは、こんなに残酷でアホくさいことができるのだろう。階級を昇って行くことが、上層の人びとの悪癖《あくへき》を模倣《もほう》することであれば、それは高みではなく、低みに向かって昇って行くことだ。

エリート・ホワイトの輪に入るために、自ら進んで有色人を排他する有色人。*移民の多い国のレイシズムは、巨大《きょだい》な食物連鎖《しょくもつれんさ》のようだ。フード・チェインではなく、ヘイト・チェイン。そのチェインに子どもたちを組み入れるのは、大人たちだ。

ぴかぴかの黒い革靴《かわぐつ》を履《は》いた白い子どもたちに囲まれて、同じような靴を履いたヴェトナム人の少年が楽しそうに談笑しながら廊下《ろうか》を歩いて行く。

Asdaの安い靴を履いたRは、少年たちの群れからわざと遅《おく》れるようにして、とぼとぼと一人で歩いていた。Rと同じAsda靴を履いたうちの息子が、Rに追いついて、ぽんと肩《かた》を叩《たた》く。その背後から、鼻ピアスの社会派弁護士の息子が二人のあいだに割って入る。この子は生粋のイングリッシュでぴかぴかの革靴を履いているが、野蛮《やばん》にもRに頭突きをかまし、「ワッツ・アップ・メーン」などと言ってげらげら笑っている。

晴れやかに教室の中に消えて行く大グループと、遅れて歩く小グループの少年たち。
イングランドの未来をつくるのは、この子たちだ。

（2013年）

＊**ブライトン**……著者が住む、イギリス南東部の町。
＊**ソーシャル・クライマー**……社会的・経済的上位層を目指す人。上流階級の仲間入りを求める人。
＊**ヘイト**……憎《にく》むこと。反感を抱くこと。憎悪《ぞうお》。

Scene 2

地べたからみた社会

石で出来ている

隣家《りんか》の息子《むすこ》というキャラが昔のわたしの書き物には頻繁《ひんぱん》に登場した。が、ここのところ登場しなくなったからと言って何処《どこ》かに行ったとかいうわけではなく、現在でも彼《かれ》は隣家に住んでいる。

思えば、これが貧民街《ひんみんがい》の特徴《とくちょう》なのである。みんな、現在でも、いつまでたっても同じ家に住んでいる。親の家を飛び出して、自立したり、彼女《かのじょ》を妊娠《にんしん》させて所帯を持ったりした者も、さまざまのものを破たんさせてすぐ実家に帰ってくる。

　思えば7年前、わたしが雑文をしたためはじめた頃《ころ》の隣家の息子は、10代であった。それがいつの間にか20代になり、成人した頃にはすでに「週末にしか子どもには会えない」タイプの父親となっており、2011年夏のロンドン暴動の折には、フディーズ*の暴れぶりをニュースで見ながら、老人のように背中を丸めて紅茶を飲んでいた（彼はアルコール依存症《いぞんしょう》となってぐじゅぐじゅと大変だった時期もあったが、子どもに会う権利を失わないためにリハビリした）。

「あんただって、フードで顔隠《かく》して、うちの前の電話ボックスのガラス全部打ち割って、てっぺんにブッダみたいな姿勢で座《すわ》ってたじゃない。あたしあの頃ロンドンで働いてたから帰ってくるの遅《おそ》かったけど、暗闇《くらやみ》で見ると、電話ボックスの上にあぐらをかいてるあんたの姿はかなり怖《こわ》かったよ」

「ははは。そんなこともあったっけ」

「あったよ。あの頃のあんたなら、ロンドン行って参加してただろうね、この暴動」と言うと、隣家の息子はむっつりと黙《だま》り込《こ》む。

　彼の横顔を見ながら思う。

ブラッド・ピットと言えば言い過ぎだが、昨今話題になっているピアース・ブロスナンの息子などと比べると、はっきり言ってよっぽどハンサムである。わたしがロンドンの日系企業《にっけいきぎょう》で働いていた時代に同室内にいた〝オックスブリッジ〟卒業の英国人たちよりも、よっぽどリアリスティックで面白《おもしろ》い発言ができる頭脳のシャープさもある。

だのに、なんだかわたしの日本の親父《おやじ》みたいな土建屋仕事をやっていると思ったら、なんかそれもすぐやめて自分のビジネスをはじめ、ところがすぐに借金まみれとなり、結局は無職の人となって貧民街に帰って来た。という彼のこれまでの経歴を考えると、天賦《てんぷ》のルックスや頭脳を全く上手《うま》く使えてないような気がしてしょうがない。

タクシー運転手として働いている彼の母親は言う。

「アスペルガー症候群*だからでしょ。小さい頃から、いいところまでいっても何ひとつ達成できない」

という隣家のマザーは、生まれた時からこの街に住んでいるという貧民街のベテランだ。幼い頃に実の父親から性的虐待《せいてきぎゃくたい》を受けたそうで、それが原因となって長く鬱病《うつびょう》を患《わずら》っていたが、子を産んでから奇跡的《きせきてき》に治ったという。しかしそれでも、息子を妊娠中には酒やドラッグを大量にたしなんでいたので、彼のアスペルガーは自分のせいではないかと自らを責める夜もあり、そんな夜にはきまってパブで泣きながらカラオケを熱唱している。

そんな隣家のもう一軒《いっけん》向こうの家には、老女が在住しており、彼女の30代の息子は革《かわ》のハンドバッグを腕《うで》にさげて緑色のジャージを身にまとい、ブライトンの街中から貧民街まで2時間半かけて徒歩で往復することを日課にしている。無職なので時間を持て余しているのか、一日に二往復とか三往復とかしていることもあり、顔に白々おしろいを塗《ぬ》っていたり、緑色のジャージの上着の下は白いブリーフ一丁の時もあって、そういう人がひょこひょこと舗道《ほどう》を歩いているものだから、5歳《さい》になるうちの息子が「なんであの人、パンツ一丁なの？」と尋《たず》ねて来る時などは返す言葉に苦しむが、とりあえず、「あんまり目を合わさない方がいいよ」と答えるようにしている。

その隣《となり》には、昨年、一家の大黒柱であった父親を亡《な》くし、母親から「あんたとは一緒《いっしょ》に住めない」と言って見捨てられた40代の男性がひとりで住んでおり、この人もやはり無職なわけだが、いつも迷彩柄《めいさいがら》の軍人のような格好をして、意味もなく路上で通行人に罵声《ばせい》を浴びせてるかと思うと、ひとりで涙《なみだ》を流しながら笑っていることもあるため、彼なども「あの人とも目は合わさない方がいいよ」とわたしが5歳児に言っている近所の住人のひとりだ。

その迷彩柄の男性宅の向かいの家も、やはり無職の中年男性のひとり住まいだ。彼はシングルマザーとして自分を育てた認知症《にんちしょう》の母親を長年介護《かいご》したのだが、その母親が2年前に亡くなったのを機に、「世の終わりは近い。その時、君はどんなことをした人間として神に裁かれたいか」とぶつぶつ独り言を言いながら歩く人となったため、やはり「目を合わさない方がいい」隣人になった。

平均寿命《へいきんじゅみょう》が延びているのは日本だけでなく英国もそうである。が、貧民街の人びとは例外らしく、だいたい50代後半から60代で亡くなる。そして残された子供の中で今でもこの辺に住んでいる人びとは、例外なく無職で、何らかの精神的疾患《せいしんてきしっかん》があったり、障害者と認定されている場合が多い。そういう人びとだから仕事が出来ないのか、仕事をしていないからそういう病を患ったり、あるいは障害者認定をもらって生活保護を受給する戦略に出るのか、それはわからない。

わからないが、前途洋々《ぜんとようよう》としているはずの5歳児を育てるには暗い環境《かんきょう》である。あんまり目を合わさない方がいい大人がたくさんいる街で、これから大人になっていく子供の目には何が見えているのだろう。

「時折、僕《ぼく》は夢想する。
ストリートは冷たく、寂《さみ》しく、
見下ろせば、車が何台も燃えている。
そういう光景で目を一杯《いっぱい》にしちゃいけない。
ストリートは冷たく、寂しく、
見下ろせば、車が何台も燃えている」

介護していた母親を亡くして何らかの〝神〟を宣教しながら歩く人になった中年男性の家から、今日も大音量でストーン・ローゼスの曲が聞こえて来る。
「再結成するって、聞いた？　再結成って、何だろうね、今さら」
過日、スーパーの買い物袋《ぶくろ》をさげて坂をのぼっていたわたしの方に歩き寄って来て、彼は小首を傾《かし》げながらそう言ったのだった。

「時折、僕は夢想する。
ストリートは冷たく、寂しく、
見下ろせば、車が何台も燃えている。
そういう光景で目を一杯にしちゃいけない」

小雨がぴしぴし降り落ちる貧民街の夜は冷たい。
この国の霧《きり》と貧しさと暗闇に情け容赦《ようしゃ》はない。
この街は石で出来ている。

「ストリートは冷たく、寂しく、
見下ろせば、車が何台も燃えている。
君は孤独《こどく》なのかい？
家には誰《だれ》かいるのかい？」

未《いま》だくすぶる炎《ほのお》の如《ごと》き橙《だいだい》の街灯の下を、フードを被《かぶ》った少年がゆらゆら歩き過ぎていった。

（２０１１年）

＊**フディーズ**……パーカーのフードを被った暴力集団。ロンドン北部のトッテナムで黒人男性が警察官に射殺されたことをきっかけに、２０１１年８月６日より暴動が起きた。関与《かんよ》していた大半の層は低所得階級の家庭で育った無職の若者たちだった。

＊**アスペルガー症候群**……発達障害の一つで、コミュニケーション能力や社会性に障害があり、対人関係が苦手という特徴がある。

君は「生理貧困、ミー・トゥー！」と言えるか

「ピリオド・ポヴァティ」という新たな貧困用語がある。直訳すれば「生理貧困」。これだけではなんのことやらわからないが、要するに、貧困層の女性たちが、生理中に使用するタンポンやナプキンが買えないことを意味する。

英国で #FreePeriods という運動が始まったきっかけは、2016年に英国公開されたケン・ローチ監督《かんとく》の映画『わたしは、ダニエル・ブレイク』だった。同作の中に、貧しいシングルマザーが生理用品を万引きするシーンがある。この場面は多くの人々の心を捉《とら》え、英国中のフードバンクに生理用品の寄付が殺到《さっとう》した。この流れで立ち上がった #FreePeriods は、貧困家庭の少女たちに、無料で生理用品を提供するための運動だ。

2017年3月、英国中部のリーズで女子生徒たちが生理のたびに学校を休んでいることがメディアで大々的に報道された。10歳以上の少女たちが、家庭に生理用品を買う余裕《よゆう》がないために生理になるたび家から出られなくなるという。彼女たちはソックスの中にティッシュを詰《つ》めたり、古いTシャツを破ったり、新聞紙を重ねたりして生理の期間をしのいでいるが、そうしたものは市販《しはん》の生理用品のように吸収力がないため、制服が汚《よご》れてしまうことを恐《おそ》れて学校に行くことができないのだ。

政府から低額所得と認定された家庭の子どもたちは、学校の給食費が無料になる。生理になったら学校を休むのも、おもにそうした家庭の子たちだ。ならば給食費無料の女子生徒たちに生理用品を無料配布せよと立ち上がった運動が #FreePeriods であり、首相官邸《しゅしょうかんてい》前などで抗議《こうぎ》デモを行ってきた。

欧州《おうしゅう》や米国のチャリティー団体は、発展途上国《はってんとじょうこく》の少女たちの生理の問題ではかなり前からキャンペーンを展開してきた。そうした運動が功を奏し、例えば、ケニア政府は、2017年にすべての女子生徒に生理用品を配布することを公約したし、インドのケララ州でも約300校で生理用品の無料配布スキームが始まっている。

英国王室のヘンリー王子の婚約者《こんやくしゃ》（当時）で女優のメーガン・マークルも、こうしたチャリティー活動に熱心なことで有名だ。彼女は、昨年、タイム誌に「いかに生理が潜在能《せんざいのう》力《りょく》に影響《えいきょう》をおよぼすか」というタイトルのエッセイを発表している。

「インドだけでも、1億1300万人の12歳から14歳の少女たちが、生理を取りまくスティグマのために学校をやめるリスクに晒《さら》されています」

「私が現地にいた間、多くの少女たちが生理中に学校に行くのは恥《は》ずかしいと感じていると話してくれました。彼女たちはナプキンではなく不適切なぼろ布を使い、スポーツに参加することもできませんし、自分の身を整えるためのトイレもありません。だから、学校そのものをきっぱりやめることを選択《せんたく》することも往々にしてあります」

彼女はエッセイの中でインドの状況《じょうきょう》についてさかんに憂《うれ》えていたが、自分が婚約しているプリンスの国にも同じような境遇《きょうぐう》の少女たちがいることを知っていただろうか。

＊

２０１７年12月に慈善団体《じぜんだんたい》プラン・インターナショナルが発表した調査結果によれば、14歳から21歳までの英国の女性たちの10人に１人が貧困で生理用品が買えなかったことがあると答えている。さらに、７人に１人が生理用品を買うために金銭的に苦労していると答え、同じく７人に１人が生理用品を買うお金がなくて友人から借りたことがあると答えている。

英国で生理用品を買うと、20個入りのナプキン１パックが約２ポンド（約３００円）だ。人によって使う個数は違《ちが》うが、毎月５ポンド（約７５０円）から６ポンド（約９００円）は必要になる。世界でもっともリッチな国の一つであるはずの英国に、それを買えないほど貧しい女性が10人に１人もいるというのである。

ＢＢＣニュースのサイトには、一見しただけではとても貧困の悲惨《ひさん》さなど感じられない若い女性たちが、「生理貧困」の問題について語り合っている動画があがっている。

「友達が、ランチを食べるか生理用品を買うか迷っていたことがあった」

「私は幸運にしてカレッジ（日本でいう高校）から補助金をもらっていて、食事や交通費は出ている。でも、それがなかったら生理用品を買えなかったと思う」

若者だけの話ではない。スコットランドの中年女性はもっと切実な経験を語っている。

「4日間、ソックスとティッシュを使っていたことがあった。汚れてしまうから古いズボンをはいていた。家から一歩も出られなかった」

2017年、同じようにハッシュタグがついた女性たちの運動として盛り上がったのが#MeToo＊だった。ハリウッド女優たちが大物プロデューサーからセクハラの被害《ひがい》にあっていたことを相次いで告発したことが発端《ほったん》となり、政界、ビジネス界などさまざまな業界に広がり、世界規模で拡大している。が、同じようにユニバーサルな問題であるはずなのに、#FreePeriodsの広がり方は地味だ。こちらは、誰もが知っている大物セレブが次々に出てきて、「生理貧困、ミー・トゥー！」と訴《うった》えるような運動でもない。

「生理貧困なんて、いま始まったわけじゃないよ、むかしからあった」

タクシーの運転手をしながらシングルマザーとして複数の子どもを育てあげた隣家のおばちゃんは言う。

「あたしだって娘《むすめ》のタンポンを買うために自分の食事を抜《ぬ》いていたこともあった」

「この国って何でもすぐ運動にするのに、いままでフェミニスト＊たちはそれで闘《たたか》ってこなかったの？」

と聞くと、おばちゃんは言った。

「フェミニストって貧乏人《びんぼうにん》のことにはあんまり興味なかったからね。別枠《べつわく》の問題なんじゃない？　あとやっぱり……、生理のことって、大っぴらに言いにくいからでしょ。恥ずかしいから」

確かに、生理に対するスティグマが存在していることは、例えば、生理用品のCMなど見ていても、ナプキンの上にこぼされるのが常に青い液体であることからも明らかだ。ミュータントじゃあるまいし、人間の赤ん坊《ぼう》が額に青い血をつけて生まれてくるわけがない。どんな人間も、赤い血にまみれて生まれてくるのだ。それなのに、その赤い色の液体が生理用品に吸収される映像がいまだにタブーとされているのだと思えば、この問題はなかなか根深い。

こうしたスティグマを取り除くため、前述の慈善団体、プラン・インターナショナルUKは、エモジに生理を表す絵柄《えがら》を含《ふく》むべきだと主張している。いまやすっかり英国でも普《ふ》及《きゅう》したエモジには、昨今女性に人気のプレッツェルのイラストまで登場している。ほとんどの女性がプレッツェルを食べるより頻繁《ひんぱん》に生理を経験しているはずなのに、生理を表すエモジはまだない。同団体は、白いショーツの中央に涙の粒《つぶ》のような赤いしずくが描《か》き込《こ》まれている絵柄、ピンク色の女性の子宮の絵柄、ナプキンの中央に赤い血がついているイラスト、など複数の生理を表すエモジのサンプルを提案している。

調査では、18歳から34歳の女性の約半数が生理のエモジがあったら使うと言っているという。ユニコードには1000を超《こ》えるエモジがあり、モアイ像や水晶玉《すいしょうだま》、スマイルしている排泄物《はいせつぶつ》のイラストまで存在する。うんこがあって生理がないというのは、人間の生殖《せいしょく》機能《きのう》に対する不当な差別ではなかろうか。

このような体《てい》たらくだから「生理貧困、ミー・トゥー！」とは言いづらいのだ。「私は赤貧《せきひん》だ」と言うだけでも恥ずかしいのに、「私だって生理のときには赤い血を流している」と知られるのはもっと恥ずかしいという、ダブル・レッドの両輪スティグマがこの問題を不可視にしてきたのだ。

#FreePeriodsの運動のリーダーは18歳の女性であり、デモ参加者も大学生ぐらいの若い女性たちが目立つ。彼女たちは、プラカードにホラー調の血のしずくを描いたり、巨大《きょだい》に広がったナプキンのイラストを描いたり、これ見よがしにユーモラスでなかなか頼《たの》もしい。血ぐらいでオタオタすんな、と啖呵《たんか》が切れる若い女性たちの登場を喜ばしく思うが、日本でもこの問題はけっして他人事《ひとごと》ではないはずである。

＊生活保護の生活扶助費《せいかつふじょひ》引き下げという、まるで英国のような＊緊縮政策《きんしゅくせいさく》が、わが祖国でも

数か月前に発表されたばかりではなかったか。　（２０１８年）

＊**スティグマ**……社会的な汚名《おめい》や不名誉《ふめいよ》。特定の状況や属性に対して差別的な扱《あつか》いをすること。

＊**#MeToo**……セクハラ（性的嫌《いや》がらせ）などの体験を告白・共有する際に、ＳＮＳでハッシュタグ「#MeToo」を使用して、それまで沈黙《ちんもく》してきた問題を「私も被害者である」と発信することで世の中を変えていこう、という運動。

＊**フェミニスト**……女性の権利を尊重し、女性に対する不平等の解消を唱える人。

＊**生活保護の生活扶助費引き下げ**……２０１８年10月より、生活保護において食費や光熱費など日常生活費に充《あ》てる「生活扶助費」の支給基準が見直され、最大５％の減額が行われた。

＊**緊縮政策**……支出をできるだけ減らして歳出規模の縮小をはかる政策。

Scene 3

英国という鏡

ヨイトマケとジェイク・バグ

16年ぶりに日本で新年を迎《むか》えた。で、大晦日《おおみそか》は炬燵《こたつ》ばたで親父《おやじ》と飲みながら紅白歌合戦を見ていたのだが、これがなかなかエキゾチックで面白《おもしろ》かった。自分の母国について、エキゾチック。というのも鼻持ちならん言い方だが、しかし、16年といえば、おぎゃあと生まれた女児が合法的に結婚《けっこん》できるようになる時間の長さだ。実際、わたしの感慨《かんがい》は、初めてテレビでユーロヴィジョン・ソング・コンテストを見たときにも似たものがあったのである。

やたらと幼い若者がぞろぞろ多人数で出て来た前半部分は、初音《はつね》ミクなどというキャラが出て来る土壌《どじょう》をヴィジュアルに理解できる機会になったし、オタク、マンガ、コスプレが大好きな英国のティーンなんか（ミドルクラスの子女に多い）が大喜びしそうなジャパニーズ・カルチャーの祭典になっていた。

この世界が、現代の日本を象徴《しょうちょう》しているのだ。ならば、もはや見なかったふりをしてスルーすることはできない。向後、わたしは日本を訪《おとず》れる英国人には、紅白を見ることをお勧《すす》めする。Different, Weird, Tacky, Bizarre。スモウ・レスラーは審査員《しんさいん》席に座《すわ》っているし、これほど外国人観光客が喜びそうなキッチュな番組は他にないだろう。

「もう、子ども番組のごとなっとろうが」

北島三郎《きたじまさぶろう》の登場を待って眠《ねむ》い目をこすっていた親父が言った。というか、これを見ていると、日本には子どもと老人しかいないようである。

キッズ番組から一気にナツメロ歌謡集《かようしゅう》に変わって行く番組を見ながら、ちびちび焼酎《しょうちゅう》をなめていると、黒ずくめの衣装《いしょう》で美輪《みわ》明宏《あきひろ》が出て来て、〝ヨイトマケの唄《うた》〟を歌いはじめた。

「……これ、普通《ふつう》に流行歌としてヒットしたわけ？」

「おお。お前が生まれたぐらいのときやった」

「その頃《ころ》、この人はゲイって、もうみんな知っとったと？」

「おお。この人がその走りやもんね。日本で言うたら」

「そういう人が、『ヨイトマケ』*とかいう言葉を歌って、さらにそれがヒットしたって、ちょっと凄《すご》いね」

「この人は長崎ん人やもんね。炭鉱町で働く人間のためにつくったったい、この歌ば」

歌の途中《とちゅう》で親父を質問攻《しつもんぜ》めにしたのは、〝ヨイトマケに出る〟という表現が日常的に家庭で使われていた環境《かんきょう》で育ったわたしが、土建屋の父親とふたりっきりであの唄を聴《き》いている、というシチュエーションがけっこう感傷的にきつかったからだ。が、そういうのは抜《ぬ》きにしても、わたしは当該《とうがい》楽曲にハッとするような感銘《かんめい》を受けた。

これは日本のワーキング・クラスの歌だ。と思ったからだ。*

翌日、ブライトンの連合いから電話がかかってきた。大晦日の夜は、例年のようにBBC2で「Jools' Annual Hootenanny」を見ていたという。日本に紅白があるなら、英国にはこの番組がある。

「ジェイク・バグ*が『ライトニング・ボルト』を歌った。それが一番良かった」

と連合いは言った。

紅白を見ながら、日本にも46年前にはワーキング・クラスの歌があったのだということをわたしが確認《かくにん》していた頃、英国では、「下層階級のリアリティを歌う」という作業を久しぶりに行った少年が、やはり国民的な年越《としこ》し番組に出て2012年を締《し》め括《くく》っていたらしい。

「日本もね、階級社会*になってきたよ」

という言葉を聞く度《たび》にわたしが思うのは、階級は昔からあった。ということだ。

しかし、わたしは長いあいだ日本では無いことにされてきた階級の出身なので、こういう反論をすることを不毛だと思う癖《くせ》というか、諦《あきら》めてしまう癖がついている。

例えば、わたしは「できれば高校には行かず、働いてくれ」と言われた家庭の子どもだった。奨学金《しょうがくきん》で学校には行けることになったが、通学用の定期券を買うために学校帰りにバイトしていて、それが学校側にバレたとき、「定期を自分で買わなければならない学生など、いまどきいるはずがない。嘘《うそ》をつくな」と担任にどやされた。

思えば、この「いまどきいるはずがない」は、わたしの子ども時代のキーワードであった。

「俺《おれ》の存在を頭から否定してくれ」と言ったパンク歌手があの頃の日本にいたと思うが、そんなことをわざわざお願いしなくとも、下層階級の存在は頭から否定されていた。

年頭からこんな自分を裸《はだか》にするようなことを書かなくてもいいんじゃないかと思うが、しかし、わたしにとって英国のほうが住《す》み心地《ごこち》が良いのは、ここには昔もいまも継続《けいぞく》して消えない階級というものが人びとの意識のなかに存在し、下層の人間が自分の持ち場を見失うことなく、リアリスティックに下層の人間として生きているからだと思う。

わたしが育った時代の日本は、リアリティをファンタジーで抑圧《よくあつ》していたために、当の下層民が下層民としてのアイデンティティを持てなかった。そんなところからワーキング・クラスの歌が聞こえてくるはずがない。

「わたしは生まれも育ちも現在も、生粋《きっすい》の労働者階級だ」ということを、わたしが大声で、やけくその誇《ほこ》りのようなものさえ持って言えるようになったのは、英国に来てからだ。

〝国民全員それなりにお金持ち〟などという、人民ピラミッドの法則を完全無視したスローガンに踊《おど》らされた国民が一番アホだったのだが、あの、国民が共犯してリアリティを隠《いん》蔽《ぺい》した時代が、わが祖国の人びとの精神や文化から取り上げたものは大きい。

が、そんな日本でも、いきなり下層の人びとの存在認定が下りたらしい。紅白の〝ヨイトマケの唄〟が話題になっているというのも、そんなことと関連しているんだろう。しかし、この国の下層の歴史には黒く塗《ぬ》りつぶされた期間があるので、再びワーキング・クラス文化が生まれ育つには時間がかかる。「母ちゃん見てくれ、この姿」の〝ヨイトマケの唄〟と、二本指を突《つ》き立てて親に愛想《あいそ》を尽《つ》かして出て行くジェイク・バグのあいだには、46年の隔《へだ》たりがあるのだ。

ジョニー・ロットンやケン・ローチやギャラガー兄弟やマイク・リーが、現実を直視することによって生まれる下層の声が、中野重治《なかのしげはる》が「すべての風情《ふぜい》を擯斥《ひんせき》せよ　もっぱら正直のところを　腹の足しになるところを　胸先《むなさき》を突き上げて来るぎりぎりのところを歌え」と言ったところの表現が、わたしが育った時代の日本には生まれなかった。世代と共に少しずつ変容し、洗練され、進化して行くはずのワーキング・クラス文化が、わが祖国では育たなかったのである。

そんなことを考えながら機内に座っていると、いつの間にかヒースロー＊に着いていた。入国審査には長蛇《ちょうだ》の列。80年代に日本で人気のあった男性アイドルグループのメンバーとその妻子がデザイナーブランドに身を包み、アサイラム・シーカー＊みたいな感じのアフリカ系の人びとや、険しい顔つきの中東の家族と一緒《いっしょ》に所在なさそうに並んでいた。

「Do you miss Japan?」

唐突《とうとつ》に入国審査官に訊《き》かれて、反射的に、

「No, not at all」

と言うと、脇《わき》に立っていた6歳《さい》の息子《むすこ》が声を出して笑った。

「Fair enough」と金髪《きんぱつ》の若い審査官の男性も笑う。

「Well, my life is in this country now…」と妙《みょう》に言い訳がましくなりながら、審査官に手を振《ふ》り、パスポート・コントロールを後にすると、息子が言う。

「そもそも、なんで母ちゃん、日本からこの国に来たの？」

「貧乏人《びんぼうにん》だったから」

「いまも貧乏じゃん」

「まあね、でも、そういうことじゃなくて。あんたがもう少し大きくなったら、説明する」

そしてずっしりと重い荷物を受け取り、わたしは息子を従えて、ずかずかと大股《おおまた》で英国に帰ってきた。

脇にさげた手荷物の中には、知り人にもらった祖国のカステラ。
I couldn't ever bring myself to hate you as I'd like....
懐《なつ》かしい曲の一節が、到着《とうちゃく》ロビーのカフェから聞こえてきた。

（2013年）

＊**ヨイトマケ**……建築現場などで地固めのとき、重い槌《つち》を滑車《かっしゃ》であげおろしする作業を行う人。
＊**ワーキング・クラス**……労働者階級。賃金で雇用《こよう》され、生産手段を持たない社会階級。
＊**ジェイク・バグ**……1994年生まれのイギリスのシンガーソングライター。
＊**階級社会**……社会の成員が二つ以上の階級に分かれ、その間に支配と服従、または対立の関係が存在する社会。
＊**ヒースロー**……ロンドン西部にあるイギリス最大の空港。
＊**アサイラム・シーカー**……政治亡命希望者。

どん底の手前の人々

2016年、20年ぶりに日本に長期滞在《たいざい》し、貧困者支援《ひんこんしゃしえん》、母子支援、子ども支援、非正規労働者支援などの分野で働いている人々を訪ね歩いた際の一篇《いっぺん》。

貧困問題の*グラスルーツのなかでも、*もやいの稲葉《いなば》さんや大西さん、そして*ほっとプラス代表理事の藤田《ふじた》孝典《たかのり》さんは、ミクロな日常の取り組みからマクロの政治を明確に見上げているタイプの活動家だが、彼《かれ》らと話をすると、共通して未来への展望は暗い。

「年末年始に住所不定になる方々にシェルターを支援する『ふとんで年越しプロジェクト』をやっているんですが、障害者手帳を持っている人が近年増えている。そういう人々が路上に出て来る理由は、実家が彼らを養えなくなって、追い出されたとか、両親が亡《な》くなって兄弟が援助する形になったけどそこでうまく行かなくなって出てしまったとか、そういうことなんです。身体的障害を持った方はもちろん出て来れないので、精神・知的障害で手帳も持っていて、サービスも受けていた人が、家族の扶養《ふよう》の力がかなり限定的になって、結果的に生計を維持《いじ》できなくなって、路上に出て来ている」

大西さんはそう言った。

「今後、これは増えていくと思っています。家族が見ていた社会保障の部分、つまりインフォーマルな社会保障の部分が、家族という機能が弱まるなかで持続不可能になっていて、じゃあ、誰《だれ》がやるの？　という問題が出て来ている」

こうした現象はまず社会のもっとも脆弱《ぜいじゃく》な層の人々から出て来ているが、日本全体の行く末でもあろう。現在、多くの人々が自立するだけの収入がなくても生存できているのは、両親の援助があったり、両親と同居しているからだ。２０１４年に、『ビッグイシュー』が、ネットで20代、30代の年収２００万円未満の若者約１８００人を対象にアンケートを取ったところ、６・６％がホームレス体験をしたことがあると答え、親と別居して独立している若者は全体の20％程度に過ぎず、そのなかでホームレス体験のある人は13・５％だったそうだ。

「そもそも、いまの若者は親の住宅が持ち家じゃない世代ですからね。20年後、30年後はどうなるの？　と思うと怖《こわ》いです」

と大西さんは言う。ミクロで貧困支援にあたっている人にとってはリアルな実感だろう。もやいは路上生活者の支援から始まったが、近年は野宿者は減って、家族のもとを追い出された若い人たちからの相談が多いという。もやいに相談に来る人々の統計を取ると、約３割が精神的な問題を訴《うった》えていて、若年層《じゃくねんそう》になるとその割合が高くなるそうだ。非正規の仕事やブラック企業的《きぎょうてき》な組織での経験で病《や》んでいるケースが多く、メンタル的に傷ついている人々がもやいに流れて来ているという。

「路上一歩手前の人々が見えにくいですよね。路上の人々はある意味見えやすい。手前にいる人々はかなりいるはずなのに、全体像が見えてこない。ここに来てらっしゃる方々はほんの一握《ひとにぎ》りです。ネットカフェとかに暮らしながら派遣《はけん》の仕事でギリギリ食べていたとしても、仕事をやれてる間は彼らは相談には来ない。病気になって働けなくなって、ネットカフェも出なくてはいけないとなって、ようやくいらっしゃるんです」

と稲葉さんが言うと、

「実は仕事がたくさんあるから、というのもありますよね。派遣でも非正規でもいいというなら仕事はある。有効求人倍率は上がっていますから。だから生きてはいける」

と大西さんは言った。つまり、日本には「どん底の人々」はまだ少ないが、「どん底の手前の人々」はゴロゴロいて、それがどのくらいいるのかよくわからないという状態で放置されている。このまま行くとえらいことになるぞというリアリティを直視するのが嫌《いや》なのは個人だけではない。国家も同じだ。

国もあてにならない、家族の絆《きずな》も壊《こわ》れた、となると、残るのは相互扶助《そうごふじょ》だ。動物界では、ダーウィンが唱えた「生存競争」*よりも本能的な「相互扶助」が種の生き残りと進化に寄《き》与《よ》していると言ったのはクロポトキン*だが、不特定多数の「どん底の手前の人々」を抱《かか》えて少子高齢化《しょうしこうれいか》という、傍《はた》から見ればまさに国家の生き残りをかけたピンチのように見える日本にとって、クロポトキンは今後のキーワードになるはずだ。しかし、大西さんはこう言った。

「正社員になって、自分の家を持ってという、昭和モデルはもうないよね、という共通意識が若年層の間で広がるなかで『いかに生きるか』みたいなのも流行《はや》っているんです。シェアリング・エコノミー（共有型経済、シェアハウスやクラウドファンディングなど）的なものもそうです。でも、そこでもまた、それを活《い》かせる人と活かせない人のコミュニケーション能力の差みたいなものが、より強く出て来ているような気がします」

相互扶助にも能力格差があって、そんなにバラ色ではないというのだ。

もやいを訪れていた人々のなかで、わたしがもっとも活力を感じたのは、目が覚めるような黄色いとっくりセーターを着たお爺《じい》ちゃんだった。こもれび荘《そう》でお茶を飲んでいた彼に、

「いい色のセーターを着ていらっしゃいますね」

と言うと、お爺ちゃんは嬉《うれ》しそうに笑って、

「おお、いいだろ。ぱーっと元気になる色だろ」

と、高齢にしてはテンポの良い切り返しを見せた。稲葉さんが、彼とは新宿ダンボール村からの付き合いだと言っていた。稲葉さんは著書『鵺《ぬえ》の鳴く夜を正しく恐《おそ》れるために野宿の人びとととともに歩んだ20年』で、路上生活者たちの様子をこう書いている。

そんな社会のなか、路上に生きる人びとは人と人とのつながりだけで生き抜く術《すべ》を身につけたのかもしれない。一人が仕事に行けば、仲間のぶんの食事や酒まで面倒《めんどう》を見る。一人がコンビニやファストフードに「エサとり」に行けば、高齢で動けない仲間のぶんまで取ってくる。そんな仲間同士のつながりは、野宿者の暮らすところならどこでも見ることができる。

これぞクロポトキンのスピリットである。野宿者たちは他者と繫《つな》がる力を持っていたので、公的社会福祉《しゃかいふくし》などあてにせず「仲間たち」でサバイバルできた。ある意味、そこには「政治はいらない。自分たちで生き延びる」という*アナキズムがあったのだ。*山谷《さんや》のあうんはその典型だろう。

*寿町《ことぶきちょう》の高沢《たかさわ》さんは「野宿者は、実は生存するためのさまざまのスキル（このなかには他者と繋がるスキルも入るだろう）を持っている。現代の若者たちはそれがない」と言っていた。そしてそんな形而下《けいじか》の資産も形而上の資産もない「どん底の手前の人々」が日本中に散らばっているというのだ。ネットカフェで生活している人々にはまだ切迫感《せっぱくかん》があるだろう。が、実はその「手前の人々」の多くは両親の家で生活している。彼らが一斉《いっせい》にどん底に落ちて来たら、この層は山谷式アナキズムで逞《たくま》しく生き延びられるのだろうか。

実際、日本に行くまでわたしは、英国やスペインの若者や失業者たちが「新自由主義と緊縮財政《きんしゅくざいせい》の犠牲《ぎせい》になっているのは自分たちなのだ」と立ち上がる姿を見ていたので、どうして日本でも同じことが起きないのか、と思っていたのである。しかし、もやいで困窮者《こんきゅうしゃ》の若い人々を見ていると、彼らにそれを望むのは酷《こく》な気がしてきた。

日本の貧困者があんなふうに、もはや一人前の人間ではなくなったかのように力なくぽっきりと折れてしまうのは、日本人の尊厳が、つまるところ「アフォードできること（支《し》払《はら》い能力があること）」だからではないか。それは結局、欧州《おうしゅう》のように、「人間はみな生まれながらにして等しく厳《おごそ》かなものを持っており、それを冒《おか》されない権利を持っている」というヒューマニティの形を取ることはなかったのだ。「どんな人間も尊厳を（神から）与《あた》えられている」というキリスト教的レトリックは日本人にはわかりづらい。

けれどもどんな人間にも狂《くる》わずに生きるにはギリギリのところでの自尊心がいる。自分もほかの人々と同じ人間なのだ。なぜならその最低限のスタンダードを満たしているから、と信じられなければ人は壊れる。

欧州の場合、そのスタンダードは低い。なにしろ、人間という存在であるだけでいいからだ。富者も貧者も、善人も悪人も、働き者も怠《なま》け者も、すべての者が神の似姿であり、それゆえ等しく崇高《すうこう》だという概念《がいねん》が建前上はある。

しかし日本にはその考え方は根付かなかった。

「日本では権利と義務はセットとして考えられていて、国民は義務を果たしてこそ権利を得るのだということになっています」

と大西さんは言った。つまり、国民は義務を果たすことで権利を買うのであり、アフォード（税金を支払う能力がある）できなければ、権利は要求してはならず、そんなことをする人間は恥知《はじし》らずだと判断される（このような社会では、国家はさまざまな権利を国民に販売《はんばい》する小売店ぐらいの役割しか果たさない）。例えば英国では「権利」といえば普通は国民の側にあるものを指し、「義務」は国家が持つものだが、日本ではその両方を持つのは国民で、国家と国民の役割分担がなされていない。

これは日本という国の姿にも重なる。敗戦し、占領《せんりょう》されて、新たな憲法を持たされた日本が、最近までわりとそのことを忘れてハッピー・ラッキーに歩んでこられたのは、さまざまのものを「アフォードできた（買うことができた）」から自分たちの気持ちのなかでは国としての尊厳は保たれていたのだ。例えば、2015年にギリシャ債務危機《さいむきき》が報道されていたとき、欧州では緊縮財政の是非《ぜひ》やEUが抱える問題点などがさかんに議論されていたにもかかわらず、日本の論調は「借金を返せないほうが悪い」一辺倒だった。これも日本人にとっては「借金を返せるか返せないか」が国の尊厳に関わる重大事だからだろう。頑《かたく》ななほど健全財政にこだわるのもきっとそのせいだ。

日本では「アフォードできない（支払い能力がない）人々」には尊厳はない。何よりも禍々《まがまが》しいのは、周囲の人々ではなく、「払えない」本人が誰より強くそう思っていることで、その内と外からのプレッシャーで折れる人々が続出する時代の到来をリアルに予感している人々は、「希望」などというその場限りのドラッグみたいな言葉を使用できるわけがない。

「正直言って、自分の子どもは将来海外に出て生活してほしいと思っています」

ある貧困問題のNPOの方がそう言っていたのは本音中の本音だと思った。

（2016年）

＊**グラスルーツ**……草の根の、民衆に根差した運動。
＊**もやい**……ホームレス、派遣労働者、生活保護受給者などの自立支援を行うNPO。
＊**ほっとプラス**……さいたま市を拠点《きょてん》に、ホームレスや生活困窮者への相談支援を行うNPO。
＊**生存競争**……ダーウィンの進化論の中心的な考え。個体が次の世代を残すために、生物どうし、特に同種の個体間で競争すること。
＊**クロポトキン**……1842〜1921年。ロシアの政治思想家・地理学者。国家を撤廃《てっぱい》して小組織の連合による社会を目指す無政府主義を唱えた。
＊**アナキズム**……一切《いっさい》の政治的、社会的権力を否定して、個人の完全な自由と独立を望む考え方。
＊**山谷のあうん**……日雇《ひやと》い労働者が多く住む東京都台東区山谷で、元野宿者・失業者が始めた仕事おこしの取り組み。リサイクルショップ、食堂などの事業をしている。
＊**寿町**……横浜市中区の日雇い労働者が多く住む町。
＊**新自由主義**……国家の介入《かいにゅう》を批判して、個人の自由と責任に基《もと》づく競争と市場原理を重視する考え。
＊**ヒューマニティ**……人間性。人間を人間たらしめるもの。
＊**ギリシャ債務危機**……2015年に誕生したギリシャのチプラス政権は、EUが巨額《きょがく》の財政赤字に対する支援の見返りとして要求した緊縮財政を拒否《きょひ》。デフォルト（債務不履行《さいむふりこう》）やEU離脱《りだつ》の可能性が一気に高まったが、最終的にはギリシャ側が譲歩《じょうほ》した。

Scene 4

地べたからみた世界

キャピタリズムとは

ケン・ローチ監督《かんとく》のドキュメンタリー『The Spirit of '45』のDVDを見ていたのだが、これを見ると、英国には社会主義国だったとしか言いようのない時代があったのだとわかる。

タイトルで謳《うた》われている1945年とは終戦の年だ。

日本が降伏《こうふく》を宣言し、マッカーサーが神奈川県に降り立った年である。

一方、戦勝国の英国では、国を勝利に導

いたチャーチルの保守党が選挙でなぜか大敗し、労働党政権が誕生した年だった。

　保守党政権下の1930年代は貧富《ひんぷ》の差が極端《きょくたん》に拡大した時代だったという。「貧民の子供はよく死んだ」と証言している老人がいるが、国の至るところにスラムが出現し、貧者が集合的に檻《おり》の中に入れられ切り捨てられている様子は現代の英国とも重なる。開戦で真っ先に戦地に送られたのはこうした貧民だったわけだが、彼《かれ》らは戦地で考えていたという。「俺《おれ》たちはファシズム*相手にこれだけ戦えるのだから、戦争が終わったら、力を合わせて自分たちの生活を向上させるために戦えるんじゃないか」と。

　終戦で帰国した兵士たちは、空襲《くうしゅう》で破《は》壊《かい》された街や、戦前よりいっそう荒廃《こうはい》したスラムを見て切実に思ったそうだ。「こりゃいかん。俺ら、別に対外的な強国とかにはならんでいいから、一人ひとりの人間の生活を立て直さな」と。

　それは「ピープルズ・パワー」としか言いようのない下から突《つ》き上げるモメンタム*だったという。

　戦勝国の名首相《めいしゅしょう》（チャーチルは英国で「史上最高の首相」投票があるたびに不動の一位だ）が、戦争で勝った年に選挙で大敗したのである。それは、当時は純然たる社会主義政党であった労働党が、「ゆりかごから墓場まで」と言われた福祉国家《ふくしこっか》の建設を謳《うた》い、企業《きぎょう》を国営化して人びとに仕事を与《あた》えることを約束し、子供や老人が餓死《がし》する必要のない社会をつくると公約して戦ったからだ。労働党にはスター党首などいなかった。彼らは本当にその理念だけで勝ったのだ。

UKの公営住宅地は、現代では暴力と犯罪の代名詞になっているが、もともとは1945年に政権を握《にぎ》った労働党が建設した貧民のための住宅地だ。あるスラム出身の老人は、死ぬまで財布《さいふ》の中に「あなたに公営住宅をオファーします」という地方自治体からの手紙を入れてお守り代わりにしていたという。浴室やトイレがある清潔な家に住めるようになったということは、彼らにとっては一生お守りにしたくなるほどの福音《ふくいん》だったのだ。

1930年代には無職だった人びとも、鉄道、炭坑《たんこう》、製鉄業などの国営化によって仕事をゲットし、戦時中に兵士として戦った勢いで働いた。

「ワーキング・クラスの人間は強欲《ごうよく》ではないんです。各人が仕事に就《つ》けて、清潔な家に住めて、年に二回旅行ができればそれ以上は望まないんです」と、ある北部の女性が『The Spirit of '45』で語っている。

*キャピタリズムが「それ以上」を望む人間たちが動かす社会だとすれば、ソーシャリズムとは「それ以下」に落ちている人間たちを引き上げる社会なのだ。

ロンドン五輪開会式の演出を任されたダニー・ボイルは、NHS（英国の国家《こっか》医療制《いりょうせい》度《ど》）をテーマの一つにした。

NHSこそ、1945年に誕生した労働党政権が成し遂《と》げた最大の改革である。「富裕層《ふゆうそう》も貧者も平等に治療を受けられる医療制度」という理念を労働党は現実にしたのだ。

現代のNHSにはさまざまの問題があり、レントゲンを撮《と》ってもらうのにも2か月待たされた。というような細かい文句はわたしはブログで延々と書いてきたし、連合いが癌《がん》になった時も*GPにいい加減にあしらわれ続けたおかげで末期になるまで発見されなかった。が、彼が今も生きているのはNHSが無料で治療してくれたおかげだし、「子供ができない」と相談したらNHSは無料で*IVFもやってくれた。うちのような貧民家庭では、NHSが存在しなかったら、連合いは死に、子供はおらず、わたしは独りになっていただろう。

英国の医療が発達したのもNHSの副産物だったという。それまでは、患者《かんじゃ》の支払《しはら》い能力に応じて治療法を選択《せんたく》して売るといういわば医療商人だった医師たちが、費用のことは一切《いっさい》心配せず、「この患者をどうやって治すか」ということのみに没頭《ぼっとう》できる医療職人となって医療技術を飛躍的《ひやくてき》に前進させたのである。

「この国は、たとえ王室がなくなっても、NHSだけは失ってはいけない」と『The Spirit of '45』で語っている庶民《しょみん》がいる。

日本の中継《ちゅうけい》ではほとんど触《ふ》れられなかったそうだが、ロンドン五輪開会式でダニー・ボイルがあれほどNHSのテーマに時間を割《さ》いたのも、「開会式ではNHSの部分が最高だった」と言う英国人が多いのにも理由がある。それは、NHSが英国のピープルズ・パワーを象徴《しょうちょう》しているからだ。

しかしそのピープルズ・パワーも時の経過と共に英国病を患《わずら》い、70年代末に登場したマーガレット・サッチャー*がThe Spirit of '45を片っ端《ぱし》から粉砕《ふんさい》していくと、英国はキャピタリズム一直線の道を進みはじめ、それは今日まで途絶《とだ》えることなく続いている。もはや、最後の砦《とりで》NHSさえ、細切れに民営化されはじめた時代だ。

英国のワーキング・クラスの人びとの強い階級への帰属意識も、もとを正せば「1945年のスピリット」に端を発しているのだと思う。下からのパワーがチャーチルをも打ち負かし、庶民が自分たちの手で自分たちの生活を向上させた、そんな時代が本当に英国にはあったからだ。実際、「ワーキング・クラスがもっともクールだった」と言われている60年代に、それまでは上流階級の子女の仕事だったジャーナリズムやアートといった業界に下層の子供たちが進出していけたのも、1945年に労働党がはじめた改革のおかげだ。労働者階級の子供たちも大学に行けるようになったからである。それまではそんなことはインポッシブルだった。

が、現代のUKは、またそのインポッシブルな世の中に逆戻《ぎゃくもど》りしている。

「キャピタリズムは悪い意味でのアナキズムだ」と左翼《さよく》の人びとはよく言う。政治が計画を行わず、インディヴィジュアルの競争に任せれば、優《すぐ》れた者だけが残り、ダメなものは無くなって自然淘汰《しぜんとうた》されて行く。という行き当たりばったりのDOG-EAT-DOGな思想は、たしかにアナキーであり、究極の無政府主義とも言える。

どうりで英国の下層の風景にわたしがアナキーを感じるわけである。「ブロークン・ブリテン」とは、キャピタリズムの成れの果てだったのだ。「アナキズム・イン・ザ・UK」とは、「キャピタリズム・イン・ザ・UK」のことだったのか。と思いながら、『The Spirit of '45』を見ていると（本編とインタヴュー編を合わせると8時間半の大長編だ）、「社会主義が最初に出現したのはいつでしょう」*
というケン・ローチの質問に、ある学者がこう答えた。
「究極的にいえばキリスト教が社会主義だ。だからそれが誕生した時代にはすでにあった」

たしかに、「金持ちが天国に入るのは、駱駝《らくだ》が針の穴を通るより難しい」と言ったジーザスは、いきなり市場を破壊したこともあるぐらいだからキャピタリズムは大嫌《だいきら》いだったろう。

しかし、キリスト教だけではない。「どんどん強欲になることを生きる目的にしなさい」とか「勝つことが人間の真の存在意義です」とかいう教義を唱える殺伐《さつばつ》とした宗教はまずないだろうから、本来、宗教というものは反キャピタリズムだ。

社会主義や宗教には、政府や神といった号令をかける人がいて、「みんなで分け合いましょう」とか「富める者は貧しい者を助けましょう」と叫《さけ》ぶ。わたしは保育園に勤めているが、大人が幼児に最初に教え込《こ》まねばならぬのは排泄《はいせつ》と「SHARING」である。英国の保育施設《ほいくしせつ》に行くと、保育士が「You must share!」と5分おきに叫んでいるのを聞くだろう。つまり、人間というものは本質的に分け合うことが大嫌いなのであり、独り占《じ》めにしたいという本能を持って生まれて来るのだ。そう思えば、キャピタリズムというのは人間の本能にもっとも忠実な思想である。本能に任せて生きる人間の社会が、「You must share!」と叫ぶ保育士がいなくなった保育園のようにアナキーになるのは当然のことだ。

（2014年）

＊**ファシズム**……国家主義的、全体主義的な政治体制。

＊**モメンタム**……気運。

＊**キャピタリズム**……資本主義。自由競争を通じて経済が発展するメリットがある一方、不況《ふきょう》による失業が発生したり、貧富の差が拡大しやすいデメリットもある。

＊**GP**……かかりつけ医のこと。

＊**IVF**……不妊《ふにん》治療のひとつで、体外受精のこと。

＊**マーガレット・サッチャー**……1925〜2013年。イギリスの元首相（在任期間1979〜90年）。保守党。

＊**ブロークン・ブリテン**……「壊《こわ》れた英国」という意味で、2010年に保守党のキャメロンが労働党から政権を奪《うば》ったときに多用した言葉。2000年代の英国におけるアンダークラスの台頭や下層社会でのモラルの低下を表現し、荒《あ》れた社会の修復を約束して政権に就いたが、以降この言葉は格差が固定し、社会流動性がなくなり殺伐とした英国社会を指す言葉として定着していった。

ウーバーとブラックキャブとブレアの亡《ぼう》霊《れい》

ブラックキャブと言えば、言わずと知れたロンドン名物のタクシーである。あのコロンとした丸いレトロな車体と粋《いき》なコックニー英語を操《あやつ》る運転手。わたしなども80年代に最初に英国でブラックキャブに乗ったときは、「ああ、わたしはほんとうにロンドンにいるんだ」とわけもなく感動したものである。

が、このブラックキャブがいま、「邪悪《じゃあく》なナショナリズム＊と排外主義《はいがいしゅぎ》」の象徴と見なされかけている。ことの発端《ほったん》は、配車サービス、ウーバーの英国進出だった。ウーバーというのは、米国のウーバー・テクノロジーズが運営する自動配車サービスまたは配車アプリであり、一般《いっぱん》の人々が自分の車を使って人を運んで収入を得ることができる。ウーバーのサイトにドライバー登録を行っておけば、利用者がサイトから予約を入れるのだ。利用料も通常のタクシーより2割から3割安く、スマホで近くにいるドライバーを見つけてタップするだけで車が呼べる気軽さもあり、めきめきシェアを拡大した。手軽、早い、安いの三拍子《さんびょうし》が揃《そろ》えばタクシーの市場を奪わないわけがない。

だが、客を奪われて面白《おもしろ》くないのが昔ながらのブラックキャブの運ちゃんたちだ。こちらは「世界で最も難しい」とも言われる試験にパスしてブラックキャブを運転するプロのドライバーたちだ。彼らは、ロンドン市内約2万5000のストリートと、約10万の名所・建物・施設の位置を全て覚えて筆記試験に挑《いど》む。また、それ以上に難しいという口頭試験では、面接官がランダムに挙げる二つの地点の最短ルートを答え、そのルート上の全ストリート名や交差点などを即座《そくざ》に答えねばアウトだという。この試験にパスするには何年もかかると言われ、脱落率《だつらくりつ》7割という、激烈《げきれつ》に大変な試験だ。

ところが、彼らが苦労して覚えたすべての情報をウーバーのドライバーたちはスマホのアプリで一瞬《いっしゅん》にして入手する。彼らは空いた時間を使って小金を稼《かせ》ぐバイト感覚で車を運転していることも多く、そんな素人《しろうと》にごっそり客を持っていかれ、しかも、タクシー界の価格破壊まで起こりそうな状況なのだからブラックキャブの運転手たちの危機感は半端《はんぱ》ない。

ブラックキャブとウーバーの運転手たちには、人口統計上の違《ちが》いがある。ロンドン交通局の統計によれば、ブラックキャブ運転手の総計2万4618人のうち、約67・2％が白人のイギリス人だ（2017年2月8日現在）。が、ミニキャブとウーバーの運転手は総計11万7857人のうち、白人のイギリス人はわずか7097人（約6％）という調査結果が出ている。

つまり、ブラックキャブVS.ウーバーのタクシー戦争に、昨今話題の「グローバル経済の歪《ゆが》みによって生ずる英国人と移民の対立の構図」が、わかりやすい形で顕現《けんげん》しているのだ。実際、ウーバー運転手に対して人種差別的言葉を吐《は》くブラックキャブ運転手が問題になったり、ウーバー規制を求めてブラックキャブが道路封鎖《どうろふうさ》運動を行ったときも英国旗を掲《かか》げたりして「右翼的」と批判された。EU離脱投票《りだつとうひょう》でもブラックキャブ運転手の大半は離脱派だった。

しかし、どんなクラスタにも少数派はいる。うちの連合いの古くからの友人、テリーは、ブラックキャブの運転手だが残留派である。彼は祖父の代からの生粋《きっすい》の労働党支持者で、とくに*ブレア元首相のファンだった。ブレアといえばいまでは新自由主義の権化《ごんげ》のような、現在の英国の格差や分断を生んだ張本人のような扱《あつか》われ方をされ、昨年、「英国のＥＵ離脱を撤回《てっかい》するために政界復帰する」と宣言したときも、「もう戻って来んでええ」「そもそもの諸悪の元凶《げんきょう》はお前」とほとんどの英国の人々から総スカンされた。しかし、テリーはブレア復帰の可能性にワクワクしていたようで、「みんな彼の功績を忘れすぎ」と言って寂《さび》しそうにしていた。

テリーに言わせれば、ブレアの功績とはメリトクラシー*（能力主義）社会の確立である。多くの人々が「ブレアはあかんやった」という理由で彼はブレアを支持しているのだから、これはもう筋金入りのブレア派だ。実際、ブレアの時代に成功した人はたいていメリトクラシーが好きである。

「俺は別にウーバーもいいと思うんだよね」

みたいなことをさらっと彼は言ってしまうのだが、実はもう半隠居《はんいんきょ》の身分で、週に２日しかブラックキャブには乗っていない。

ティーンの頃《ころ》は、連合いの友人の輪の中でも、もっともワルかったそうで、セカンダリー・スクールも最終学年でドロップアウト（退学）、地元のパブやナイトクラブに勤務したり、ちょっとここには書けないような仕事もして不良街道《ふりょうかいどう》を歩んだが、30歳《さい》手前で改心し、一念発起してブラックキャブの試験を受けて見事合格した。その頃に彼を支えてくれた彼女《かのじょ》が金融街《きんゆうがい》シティの銀行に勤めていた女性で、その後、結婚《けっこん》し、エセックス州の美しい田園地帯にいかにもミドルクラス風の邸宅《ていたく》を購入《こうにゅう》して住んでいる。他にもフラットを2軒《けん》所有し人に貸したりしているので、テリーはもう働く必要はない。そんな彼が、「ウーバーもいいじゃん」とか言いながら、美しい自宅の庭の芝生《しばふ》の上でバーベキューを焼いているのだから、ブラックキャブ運転手の同僚《どうりょう》は怒《いか》りの表情を隠《かく》せない。

「ふん。もう他人事《ひとごと》だもんな、おめえには」

と言われ、テリーは微笑《びしょう》しながらラム肉を裏返している。今日は毎年夏になると彼が自宅の庭で開く恒例《こうれい》のバーベキュー・パーティなのだった。夥《おびただ》しい量のアルコールと肉が振《ふ》る舞《ま》われ、テリー一家の友人、近隣《きんりん》の人々などざっと50人ほどが招かれている。

「けど、ウーバーって去年、ロンドン交通局が安全上の懸念《けねん》を理由に、営業免許《えいぎょうめんきょ》の更新《こうしん》をしないって決めたんじゃなかった？」

ちょっと焦《こ》げたラム肉を紙皿に受け取りながらわたしが言った。

「おお。でもウーバーがその決定に控訴《こうそ》しているから、判決出るまで営業できるし、控訴なんて何年もかかるから、全然何も変わってない」

憎々《にくにく》しげにテリーの友人が言う。

ウーバーを使い続けたい人々やウーバー運転手ら50万人が、ロンドン交通局のウーバー禁止に対して抗議《こうぎ》の署名を行い、嘆願書《たんがんしょ》を提出したが、ロンドンのカーン市長は「その怒りはウーバーの運営側に向けられるべき」と発言している。ムスリムのロンドン市長として話題のカーンも、彼が所属する労働党の党首コービンも、この問題ではウーバー禁止を支持している。

これなど、右と左の区別が昔のように単純にはできなくなった一例だろう。アイデンティティ政治的*には、移民の運転手が多く、国家単位の規制なんてぶち壊せ、みたいなウーバー側を「プログレッシヴ*」で「左」の政党は支持しそうなものだが、「Mr.マルキシスト」の異名を持つコービン率いる労働党は、「ちょっと待ちなさい。プログレッシヴということは、いろんな国に入って行ってローカルに定められた雇用《こよう》や安全のルールを無視して我勝手に商売を展開し、地元のビジネスを荒らし、労働者の賃金や雇用待遇《こようたいぐう》を押《お》し下げることとは違いますよ」と言っているのである。

ウーバーは言ってみれば*ゼロ時間雇用契約《こようけいやく》と同じようなもので、フレキシブルな雇用なので、雇用者への福利厚生《ふくりこうせい》もない。ようやく最近、長時間運転しているドライバーには産休と傷病手当を出すみたいなことを言っているが、ここら辺がたいへんにグレーで、車両予約や支払いなどすべてスマホでやるんだから管理は不要なのに、25%の手数料をドライバーからしっかり取っており、諸経費を引くと*最低賃金割れになっている運転手もいるという。

「ウーバーは悪《あ》しき*グローバリズムの象徴。ロンドンでのさばらすわけにはいかねえ」

同僚がそう言うとテリーが答える。

「いやーもう、時代が違うんじゃねえの？　労働者の待遇大事とか言って国を閉《と》ざしてると、世界に置いていかれるもの」

「おめえらの言う『国を開く』ってことは、国内の労働者を困窮《こんきゅう》に導くってことなのか」

「けど、困窮しない労働者もいるもん」

「それじゃ困窮する奴《やつ》としない奴の差がどんどん開いていくだろ」

「だって平等なんて狭《せま》い場所限定で目指さないと、世界中を平等にするとか無理じゃん。だから国を閉ざそう、参入禁止とか言い出すんだろ。それ後ろ向き。グローバルに行かないと」

「だから、グローバリズムじゃもうダメなんだよ」

「何アホなことを……。もう止まるわけねえじゃん」

「労働者が最賃割れになっても？」

「うん。だって最賃割れにならない人もたくさんいるから」

堂々めぐりの議論を続けていた二人のおっさんたちだったが、いつしか夜も更《ふ》け（とは言っても、6月の英国は夜10時ぐらいまで明るいので更けた感はあまりないが）、テリーの友人が終電を逃《のが》すので帰ると言い出した。テリーの息子《むすこ》がスマホでタクシー会社に電話し、駅までのタクシーを捕《つか》まえようとするのだが、金曜の夜なのでタクシー会社も忙《いそが》しく「すぐ来て」予約ができない。

大学生のテリーの息子はしゃかしゃかスマホを操って、

「お。ウーバーが近くにいるよ。2分で来られる位置」

と言い出した。

「バカ野郎《やろう》、よりにもよって俺がウーバーに乗れるか」

テリーの同僚は顔を真っ赤にして激昂《げっこう》した。が、終電を逃すと帰れないという現実に負け、あれだけ罵倒《ばとう》していたにもかかわらず、ウーバー・デビューを果たすことになってしまった。

あっと言う間にテリー宅の門の前にやってきた一般車の運転席には、頭部にヒジャブ*を巻いた運転手が座《すわ》っていた。

ムスリムの女性ドライバーである。

「おめえ失礼なこと言うなよ。酔《よ》ってるから心配だなあ」

とテリーが言うと友人が答えた。

「俺を見くびるな。同業者には失礼なことは言わない。ファックなのはウーバー社だ。末端のドライバーじゃない」

「『女はやっぱ運転が下手』とか『外国人は道を知らない』とか、そういうこと、言うんじゃねえぞ」

「心配すんな。俺はそういうことは言わない。ジェントルマンだから。最賃割れかどうかは聞くけど」

と言いながら、テリーの同僚は門の外に出て行って、ウーバー車の後部座席に乗り込んだ。

英国人のブラックキャブ運転手が、ムスリム女性が運転するウーバー車に乗って走り去って行く姿は、時代を端的に象徴しているなと思いながら走り去る車を見ていると、テリーが言った。

「無人車が走る時代になりゃ、どっちも失業だよな。こういう揉《も》め事もあったよなあ、と振り返る遠いメモリーになるさ」

達観したことを言うのでわたしはつい言った。

「あんたはもう半隠居の身だからそんな優雅《ゆうが》なこと言えるのよ」

けけけけっとテリーは笑ってから言った。

「でも、俺はいまでも信じてるよ。『Things Can Only Get Better』」

この曲の題名は、いまだに彼の口癖《くちぐせ》なのだった。もちろんハワード・ジョーンズのほうではない。ブレア率いる労働党が1997年の総選挙でテーマ曲に使ったディー・リームのほうだ。

物事は良くなるしかない、か。

気が抜《ぬ》けて苦いだけになったビールをわたしは飲みほした。

バーベキューの焼き網《あみ》の上には、真っ黒な死骸《しがい》と化したラム肉が、もう用済みって感じで脇《わき》にこんもり積み上がっていた。

（2018年）

＊ナショナリズム……国家や民族の統一・独立・繁栄《はんえい》を目指す思想や運動。
＊ブレア……1953年〜。イギリスの元首相（在任期間1997〜2007年）。労働党。
＊メリトクラシー（能力主義）……能力を重視して、人を評価すること。特に、労働者の報酬《ほうしゅう》や昇進《しょうしん》を、個人の能力を重視して行うこと。
＊アイデンティティ政治……主にジェンダー、人種、民族、性的指向、障害など特定のアイデンティティに基《もと》づく集団の利益を代弁して行う政治活動。
＊プログレッシヴ……進歩的なさま。革新的なさま。また、進歩主義者。
＊マルキシスト……マルクス主義の信奉者《しんぽうしゃ》。
＊ゼロ時間雇用契約……決まった労働時間がなく、仕事のあるときだけ使用者から呼び出しを受けて働く契約で、労働時間に応じて賃金が支払われる。働く側は、収入が一定せず不安定な就労環境《しゅうろうかんきょう》に置かれる。
＊最低賃金……最低賃金法などに基づいて決定される賃金の最低基準額。最賃。
＊グローバリズム……国家を超《こ》えて、地球全体を一つの共同体とみる考え方。
＊ヒジャブ……イスラム女性が外出する際、髪《かみ》から首までを隠すためのスカーフ。

歴史とは

9月からようやく息子の学校が始まった。英国の公立校は、一部の地域の一部の学校を除けば、3月下旬《げじゅん》からずっと学校が休みだった。5か月以上の休校を経て、授業が再開し、最初の日はどの先生もロックダウン中の話をしたりしていたようだ。歴史の先生は*ブラック・ライヴズ・マターについて生徒たちと話し合った。

今年（2020年）6月に*ブリストルで、デモ隊によって奴隷貿易《どれいぼうえき》の商人*エドワード・コルストンの銅像が倒《たお》され、ブリストル湾《わん》に投げ込まれた事件についてどう思うかと生徒たちに聞いたという。

ロックダウン中の出来事だったので、家庭で話していた生徒も多かったのだろう。「もっと早くそうされるべきだった」と言う生徒から、「地域の建造物を勝手に撤去してはならない」と言う生徒まで幅広《はばひろ》い意見が出たそうだ。しかし、一番多かったのは、今回の事件を伝える形で銅像を元あった場所に戻すべきという意見だったという。

有名な英国の落書きアーティストのバンクシーも、銅像にケーブルを巻いて引き倒している人々の姿まで加えた銅像を建てれば、銅像がなくなるのは寂しいという人々も、ブラック・ライヴズ・マターの運動を行っている人々も納得《なっとく》できるのでは、と提案していた。むしろ銅像が海に投げ入れられた日を今後は記念すべきというのだ。

息子の学校でも、銅像の脇にスクリーンを設置しデモ隊が銅像を倒す場面やその後に起きたことのニュース映像をまとめて流せばいいという生徒や、事件当日の様子を記念碑《きねんひ》にして銅像の隣《となり》に設置すべきという生徒がいたらしい。どうしてそう思うのかと先生が尋《たず》ねると、ある生徒はこう答えたという。

「それは、未来の人たちの権利を守るためです。私たちの時代に起きたことを知る権利が彼らにもあるから」

他方、コロナ禍《か》中には、「死者の権利」という言葉も話題になった。感染《かんせん》死亡者は、家族にみとられることも、臨終時の宗教的儀式《ぎしき》も、葬儀《そうぎ》を行うことも許されなかったことから、イタリアの哲学者《てつがくしゃ》が死者の尊厳が踏《ふ》みにじられていると主張したのである。

人権とは、生きている人間だけが独占《どくせん》できるものなのか。死者や未来の人々の権利という概念《がいねん》は普段《ふだん》の生活の中であまり考えない。歴史とは、その概念を扱う学問だと歴史の先生は教えたかったのかもしれない。

（2020年）

＊ブラック・ライヴス・マター……アメリカで黒人男性が白人警察官に首を圧迫《あっぱく》されて死亡した事件を受け、全米、そして世界中に広がった抗議デモ。

＊ブリストル……イギリス西部の港湾都市。

＊エドワード・コルストン……1636～1721年。ブリストル出身の商人。篤志家《とくしか》として知られ、銅像が建てられていたが、奴隷貿易に関与《かんよ》していたことが判明し、像の撤去が求められていた。投げ込まれた銅像はその後回収され、市議会が安全な保管場所に安置、2021年6月には、落書きが残ったままの状態で博物館に展示されるようになった。

Scene 5

他者の靴《くつ》を履《は》いてみること

誰《だれ》かの靴を履いてみること

英国の公立学校教育では、キーステージ3（7年生から9年生）からシティズンシップ・エデュケーション（日本語での定訳はないのか、「政治教育」「公民教育」「市民教育」と訳され方がバラバラのよう）の導入が義務づけられている。

議会制民主主義や自由の概念《がいねん》、政党の役割、法の本質や司法制度、市民活動、予算の重要性などを学ぶらしいのだが、こういったポリティカルな事柄《ことがら》をどうやって11歳《さい》の子どもたちに導入していくのだろう。

「試験って、どんな問題が出るの？」

と息子《むすこ》に聞いてみると、彼《かれ》は答えた。

「めっちゃ簡単。期末試験の最初の問題が『エンパシーとは何か』だった。で、次が『子どもの権利を三つ挙げよ』っていうやつ。全部そんな感じで楽勝だったから、余裕《よゆう》で満点とれたもん」

得意そうに言っている息子の脇《わき》で、配偶者《はいぐうしゃ》が言った。

「ええっ。いきなり『エンパシーとは何か』とか言われても俺《おれ》はわからねえぞ。それ、めっちゃディープっていうか、難しくね？　で、お前、何て答えを書いたんだ？」

「自分で誰かの靴を履いてみること、って書いた」

自分で誰かの靴を履いてみること、というのは英語の定型表現であり、他人の立場に立ってみるという意味だ。日本語にすれば、empathyは「共感」、「感情移入」または「自己移入」と訳されている言葉だが、確かに、誰かの靴を履いてみるというのはすこぶる的確な表現だ。

「子どもの権利を三つ書けってのは何て答えたの？」

と尋《たず》ねると、息子は言った。

「教育を受ける権利、保護される権利、声を聞いてもらう権利。まだほかにもあるよ。遊ぶ権利とか、経済的に搾取《さくしゅ》されない権利とか。国連の児童の権利に関する条約で制定されてるんだよね」

英国の子どもたちは小学生のときから子どもの権利について繰《く》り返し教わるが、ここで初めて国連の子どもの権利条約という形でそれが制定された歴史的経緯《けいい》などを学んでいるようだ。

「そういう授業、好き？」

とわたしが聞くと息子が答えた。

「うん。すごく面白《おもしろ》い」

実はわたしが日々の執筆作業《しっぴつさぎょう》で考えているような問題を中学1年生が学んでいるんだなと思うと複雑な心境にもなるが、シティズンシップ・エデュケーションの試験で最初に出た問題がエンパシーの意味というのには、ほお、と思った。

「エンパシーって、すごくタイムリーで、いい質問だね。いま、英国に住んでいる人たちにとって、いや世界中の人たちにとって、それは切実に大切な問題になってきていると思うから」

「うん。シティズンシップ・エデュケーションの先生もそう言ってた」

と、ちょっと誇《ほこ》らしげに顎《あご》をあげてから息子は続けた。

「EU離脱《りだつ》や、テロリズムの問題や、世界中で起きているいろんな混乱を僕《ぼく》らが乗り越《こ》えていくには、自分とは違《ちが》う立場の人々や、自分と違う意見を持つ人々の気持ちを想像してみることが大事なんだって。つまり、他人の靴を履いてみること。これからは『エンパシーの時代』、って先生がホワイトボードにでっかく書いたから、これは試験に出るなってピンと来た」

エンパシーと混同されがちな言葉にシンパシーがある。

両者の違いは子どもや英語学習中の外国人が重点的に教わるポイントだが、オックスフォード英英辞典のサイト（oxfordlearnersdictionaries.com）によれば、シンパシー（sympathy）は「1．誰かをかわいそうだと思う感情、誰かの問題を理解して気にかけていることを示すこと」「2．ある考え、理念、組織などへの支持や同意を示す行為」「3．同じような意見や関心を持っている人々の間の友情や理解」と書かれている。一方、エンパシー（empathy）は、「他人の感情や経験などを理解する能力」とシンプルに書かれている。つまり、シンパシーのほうは「感情や行為《こうい》や理解」なのだが、エンパシーのほうは「能力」なのである。前者はふつうに同情したり、共感したりすることのようだが、後者はどうもそうではなさそうである。

ケンブリッジ英英辞典のサイト（dictionary.cambridge.org）に行くと、エンパシーの意味は「自分がその人の立場だったらどうだろうと想像することによって誰かの感情や経験を分かち合う能力」と書かれている。

つまり、シンパシーのほうはかわいそうな立場の人や問題を抱《かか》えた人、自分と似たような意見を持っている人々に対して人間が抱《いだ》く感情のことだから、自分で努力をしなくとも自然に出て来る。だが、エンパシーは違う。自分と違う理念や信念を持つ人や、別にかわいそうだとは思えない立場の人々が何を考えているのだろうと想像する力のことだ。シンパシーは感情的状態、エンパシーは知的作業とも言えるかもしれない。

EU離脱派と残留派、移民と英国人、さまざまなレイヤーの移民どうし、階級の上下、貧富《ひんぷ》の差、高齢者《こうれいしゃ》と若年層《じゃくねんそう》などのありとあらゆる分断と対立が深刻化している英国で、11歳の子どもたちがエンパシーについて学んでいるというのは特筆に値《あたい》する。

（2019年）

エンパシーの達人、金《かね》子《こ》文《ふみ》子《こ》

自分を誰かや誰かの状況《じょうきょう》に投射して理解するのではなく、他者を他者としてそのまま知ろうとすること。自分とは違うもの、自分は受け入れられない性質のものでも、他者として存在を認め、その人のことを想像してみること。他者の臭《くさ》くて汚《きたな》い靴でも、感情的にならず、理性的に履いてみること。とはいえ、本当に人間にそんなことはできるのだろうか。しかし、エンパシーが「ability（能力）」だとすれば、きっとableな人にはできるのだろう。

そう考えるとき、この人はエンパシーの達人だったのではないかと思えるのが金子文子だ。彼女《かのじょ》は朝鮮《ちょうせん》出身の無政府主義者、朴烈《パクヨル》のパートナーであり、共に「不逞社《ふていしゃ》」という組織を立ち上げてアナキストや社会主義者の仲間たちと共に雑誌を発行したり、講演会を開いたりしていたが、関東大震災《かんとうだいしんさい》の2日後に警察に検束され、大逆罪の容疑をかけられて起《き》訴《そ》され、死刑判決《しけいはんけつ》を受けた。後に恩赦《おんしゃ》を受けて無期懲役《むきちょうえき》に減刑されるのだが、彼女は天皇からの恩赦状を破り捨てて23歳の若さで獄中死《ごくちゅうし》している。

彼女の死についてては、*縊死《いし》ということになっているが、さまざまな説があり、特に彼女が市ヶ谷《いちがや》刑務所から宇都宮刑務所栃木支所に移されてから最後の3か月間は、外界との接《せっ》触《しょく》をシャットアウトし、刑務所内で激しい転向の強要が行われていたとも言われている。実際、本人もそれを思わせるような短歌をいくつか書き残している。

皮手錠《かわてじょう》、はた暗室に飯の虫　只《ただ》の一つも　嘘《うそ》は書かねど

在ることを只在るがままに書きぬるを　グズグズぬかす　獄の役人

言はぬのがそんなにお気に召《め》さぬなら　なぜに事実を　消し去らざるや

狂人《きょうじん》を縄でからげて　病室にぶち込《こ》むことを　保護と言ふなり

わたしは彼女のことを『女たちのテロル』という本に書いたことがある。そのとき、刑務所で彼女が書いた短歌の中でもひときわ印象に残り、これぞ金子文子だと本で取り上げた一首があった。それはこんな歌である。

塩からきめざしあぶるよ　女看守のくらしもさして　楽にはあらまじ

この女看守は、金子文子に転向を強《し》いたり、刑務所の中で彼女にひどいことをしていた人かもしれない。そうでないとしても、国家を敵に回して反天皇制を唱えていた文子にとって、刑務所の職員は彼女に思想の転向を強いる「国家の犬」であり、彼女を痛めつけていた「敵」側の人間だ。

食事も満足に与《あた》えられず、または食事を拒否《きょひ》して空腹だったかもしれない文子の鼻に、おいしそうなめざしの匂《にお》いが漂《ただよ》ってくる。「貴様らだけ飯を食いやがって」と怒《いか》りがこみあげても不思議ではない。人をこんな目にあわせておいて、呑気《のんき》にめざしなんか焼きやがってふざけんなと。

だが、文子はめざしの匂いをかいで、女看守の食生活からその質素な暮らしぶりを想像してしまうのだ。ああ、あの人の生活もきっとそんなに楽ではないんだろうと。

わたしは『女たちのテロル』を書いたとき、こうした文子の性質を「やさしさ」と表現した。しかし、後になってこれこそがエンパシーなんじゃないかと考えるようになった。立場が違う人の背景をあえて想像する努力をしなくても、彼女の場合は自然にエンパシー・スウィッチが入ってしまうのだ。

「やさしさ」が「kindness」のことだとすれば、それは全般的《ぜんぱんてき》な親切心であるから、行うことが可能なシチュエーションであれば、何らかの親切な行為も伴《ともな》うことになるだろう。が、刑務所にいる文子には物理的にそれはできないし、たとえできたとして、文子が女看守に友好的でやさしい態度を取るとはあまり考えられない。とすれば、文子のエンパシー・スウィッチは「やさしさ」から入ったものではないのではないか。ならばどうしてそれは入ってしまったのだろう。文子にとっては命がけで戦っていた国家権力、彼女を物のように弄《もてあそ》び、殺すだの生かすだの転ばせるだのと勝手に決定する巨大《きょだい》な化け物の一部である看守の靴を履いてしまったのはなぜなのだろう。

金子文子は、無籍者《むせきもの》*として成長したのでまともに学校にも通えなかった。幼くして親に捨てられ、親族に引き取られて朝鮮に渡《わた》ったが祖母や叔母《おば》からひどい虐待《ぎゃくたい》を受けた。文子は日本人コミュニティの人々よりも、貧しい朝鮮人の人々のほうに自分と近しいものを感じていた。日本からの独立を叫《さけ》ぶ朝鮮の人々の三・一運動を見たときには、それまで感じたことがないような興奮を覚えたという。つまり、家族や学校、民族や国家といった人間が自然に「属している」と感じる枠組《わくぐみ》からいっさい外れたところで育ったのである。文子は、常に外れ者だった。これが彼女の思想家や文筆家としての特異性をつくったと言ってもいい。

だから彼女は社会運動に身を投じても、どこか醒《さ》めた目で外側から眺《なが》めているようなところがあった。実際、同志たちや社会派弁護士などに熱く支えられた裁判の最中に、パートナーの不手際《ふてぎわ》による失敗の巻き添《ぞ》えになるよりも、同志みなに背を向けられても役人に改悛《かいしゅん》の情を示してなるべく早く自由の身になれるような工夫《くふう》をしてみようと思ったことがあると言った人だ。これは、「革命のジャンヌ・ダルク」になろうとするなら決して言ってはいけないことである。そうした鋳型《いがた》から「外れる」ことのできた文子だから言えたことであり、彼女はジャンヌ・ダルクになるよりも、「わたしはわたし自身を生きる」にこだわった人だったからこそ、これを堂々と発言できた。

金子文子をアナキストと呼ぶことが適当であるとすれば、それはどこまでも「self-governed（自らが自らを統治する）」を目指した生涯《しょうがい》の在り方に尽《つ》きるが、実際に家族や学校や国家が存在する社会で本気でこれを行おうとする人は、「外れ者」になってしまう。それを恐《おそ》れずに「self-governed」を目指すのはもともと「外れ者」として育った人か、「外れ者」になることを強く志向する人のどちらかだ。文子は前者である。

「わたしはわたし自身を生きる」と宣言し、「self-governed」のアナキストとして生きた人が、他者の靴を履くためのエンパシー・スウィッチを自然に入れることができる人でもあったというのは逆説的である。彼女のことを考えると、思いきり利己的であることと、思いきり利他的であることは、実のところ繋《つな》がっているのではないかとすら思えてくる。

いずれにせよ、金子文子は、世間一般の「belonging（所属）」の感覚から完全に外れたところで成長した人だったからこそ、瞬発的《しゅんぱつてき》に「敵vs.友」の構図からするっと自由に外れることができたのは間違いない。ということは、「belonging」の感覚に強くはまっていればいるだけ、他者の靴は履けないということになる。属性が自分を守ってくれるものだと信じ、その感覚にしがみつけばしがみつくだけ、人は自分の靴に拘泥《こうでい》し、自分の世界を狭《せば》めていく。

それとは対照的に、自分の靴から「外れる」ことができた金子文子の思想は広がっていった。「世の親たちにこれを読んでもらいたい」と書き始めたはずの自分の生《お》い立ちを綴《つづ》った自伝ですら、「一切《いっさい》の現象は現象としては滅《めっ》しても永遠の実在の中に存続する」という、後に鶴見俊輔《つるみしゅんすけ》がキルケゴールと比較《ひかく》した文章で終わるほどの壮大《そうだい》な広がり方を見せるのである。

彼女が獄中で書いためざしの歌が示しているのは、自分の靴が脱《ぬ》げなければ他者の靴は履けないということだ。そして逆説的に、自分の靴に頓着《とんちゃく》しない人は自主自律の人だということでもある。

金子文子は、自分の靴をすっと脱ぐことができるが、彼女の靴はいま脱いだ自分の靴でしかないことを確固として知っている。こういう人は、自分が履く靴は必ず自分自身で決定し、どんな他者にもそれを強制させない。

先頃《さきごろ》、東京で生物学者の福岡伸一《ふくおかしんいち》さんとお会いする機会に恵《めぐ》まれた。朝日新聞で「他者の靴を履く」ことについて対談したのだった（2020年1月1日朝刊）。

そのときに福岡さんが仰《おっしゃ》ったことで、鮮《あざ》やかに心に残った一言がある。

「『自由』になれば、人間は『他人の靴を履く』こともできると思うんです」

アナーキーとエンパシーは繋がっている、ような気がする、という以前からのもやもやとした考えに一つの言葉を与えられたような気がした。

言葉。それは解答にもなるが、同時に新たな問いにもなる。

自らをもって由《よし》となす状態は「self-governed」であるということであり、「self-governed」という単語の意味をLEXICO Oxford Languagesは「自らを統治し、自らの問題をコントロールする自由を持つこと」と定義する。

アナーキック・エンパシー。

そんな言葉は聞いたこともないが、増え続けるエンパシーの種類に新たなものが一つぐらい加わってもいいのではないか。

（2020年）

＊縊死……首をくくって死ぬこと。

＊無籍者……出生届を怠《おこた》るなどして、戸籍に記載《きさい》がない者。

自分を手《て》離《ばな》さない

ボトムアップのエンパシーは「男性脳」だの「女性脳」だのというものの基準に使われてきたが、しかしこれにしても、実験的な測定法を使って広範《こうはん》なサンプルを取って調査すれば実際にはそれほどジェンダーによる差はないという説もある。自己申告的な質問形式の調査になると女性のほうがどうしてもエンパシーが高い結果になるというのだ。つまり、各人がジェンダー・イメージに囚《とら》われていて、「自分は女性だから男性よりも共感力が強い気がする」「自分は男性だから鈍感《どんかん》で人の痛みに気づけない気がする」と思い込んでいるというのだ。

ある意味では、ジェンダー・ロールに囚われること自体、たやすく自分を手離しているとも言える。しかし、わたしやあなたは、他の女性たちでも、他の男性たちでもない自分自身なのであり、その違いをたやすく放棄《ほうき》しないことは、「過度の共同性」に陥《おちい》らず、正しい「共同性」を身に付ける素地になる。

ところで、英国がロックダウンに入ってから、息子の学校のオンライン授業で出される英語（つまり国語）の課題がめっぽう面白い。

彼らはいま、シェイクスピアの『ロミオとジュリエット』を読んでいるのだが、その授業で出された課題が洒落《しゃれ》ていた。主人公になりきってラブレターを書くというものなのだが、例えばこれがわたしたちの旧世代なら、女子はジュリエットになり、男子はロミオになったつもりで恋文《こいぶみ》を書いて来なさいとか言われたものだ。しかし、息子たちの世代は違う。最初の週は全員がロミオになり、できる限りライム（韻《いん》）を使って、ラップ調のラブレターを書けというのが課題だった。そして次の週には、今度は全員がジュリエットになり、自分のオリジナルのメタファーを少なくとも1か所、クリシェ（頻繁《ひんぱん》に使われる言い回しや表現）を少なくとも3か所用いてクラシックなラブレターを書きなさい、という課題が出た。

*

この課題を出した教員はノンバイナリーを公言していて、自分のことを「HE」でも「SHE」でもなく、「THEY」と呼んでほしいと最初の授業で生徒たちに話したそうだ。「自分は男性でも女性でもない」と自らについて語る教員のことだから、おそらく3週目には、ノンバイナリーとして手紙を書けという課題が出るんじゃないかと息子の友人たちはSNSで話していたようだ。が、『ロミオとジュリエット』の課題は前述の二つで終わった。

最近、英語（国語）の教員から電話がかかってきた。学校が休みになってから、各教科の教員たちが保護者たちに電話をかけ、生徒たちはオンライン授業にどのように取り組んでいるか、何か困ったことはないかと定期的に聞いてくるのだ。くだんの教員に、休校中の課題がとても興味深くて（ちなみに、『ロミオとジュリエット』の前は、「オーウェルの『動物農場』に倣《なら》って動物を主人公にしたロックダウン中の社会や人間についてのアレゴリー（寓意《ぐうい》）を書きなさい」というものだった）、息子はすこぶる熱心に課題をやっていると伝えると、教員は言った。

「オンラインだとどうしても課題中心になってしまうから、書くほうも、読むほうも、退《たい》屈《くつ》しないものをと考えています」

「『ロミオとジュリエット』のラブレターなんて、読むのも本当に楽しそうですね」

「ふだんマッチョで反抗的《はんこうてき》な生徒が、ジュリエットになってすごくスウィートなラブレターを書いてきたりしてびっくりしました。逆に、目立たないおとなしい子が超《ちょう》クールなラップを書いたりもして。これは、いつも家でラップを聴《き》きまくってるなって思ったり」

「いつものイメージと違う生徒の顔が見えたりするんですね」

と言った後で、思い切って聞いてみることにした。

「生徒が全員ロミオになったり、全員ジュリエットになったりして手紙を書いたのも、そういうことなんですか。ジェンダーのイメージから自由になるというか」

「そういうことに縛《しば》られないほうが、思いもよらぬ傑作《けっさく》が書けたりするんです。あの課題で提出された生徒たちの文章を読んでいると、そのことが本当によくわかりますよ」

ノンバイナリーの人々の中には、「自分は女性でも男性でもない」と言う人もいるが、

「自分は女性でもあり、男性でもある」と言う人もいる。息子が通っている中学にはノンバイナリーの教員が二人いて、電話で話した教員は前者であり、もう一人の教員は後者だ。最新のジェンダーの議論は脇に置いといて、この教員たちは、自分が何であり、何でないかということをきっちり生徒たちに話しているのだ。この人たちは、女性だ、男性だ、第三の性だ、という以前に、自分であることをたやすく手離さない人たちなのだと思う。

他者の靴を履くことができる人たちの社会を作るには、自分たちが自分たちにかけられた呪《のろ》いを解く必要がある。他者から勝手に押《お》し込《こ》まれるカテゴリー分けの箱に入って、箱としての呼称《こしょう》のラベルを貼《は》られ、「この箱の中に入っている人たちはこんな味がします」という中身の説明や、「その味がするのはこんな素材が使われているからです」という原料リストをびっしり書き込まれることを拒否しなければ、自分が自分であることを守るのは難しい。

人間はこの原料リストに弱いもので、実はそんな味は全然しないのにもかかわらず、リストの香辛料《こうしんりょう》の名前を見て、「そういえば確かにそんな味がする」などと思い込んでしまいがちだ。

この原料リストは、頭蓋骨《ずがいこつ》の重さとか遺伝子の染色体《せんしょくたい》とか女性脳とか男性脳とかにも置き換《か》えられる。そしてそれらは歴史的に差別や偏見《へんけん》を「合理的」とする言説として使われてきた。誰かをこうだと決め付け、思考停止に陥る人間の習性を突破《とっぱ》するために必要な「エンパシー」ですら、「女性」ラベルの原料リストに書き込まれているとすればこれほど皮肉な話もないだろう。

もっと悪いことには、この原料リストは、科学的だったり、エビデンスに基づ《もと》いているのだと言って社会常識になっていることが多い。しかし、著書『野蛮《やばん》の言説　差別と排除《はいじょ》の精神史』（春陽堂ライブラリー）の中で、中村隆之《なかむらたかゆき》は、「その社会常識は、別の社会や別の時代には通用しない部分が必ず出てきます」と書いている。

さらに言えば、箱の中身の説明が差別的であるという事実を正当化するためにこうした原料リストが書かれているとすれば、それは説明を書いた人々が自分たちは正しいのだということを主張するためにそこに添付《てんぷ》したとも言える。坂口安吾《さかぐちあんご》風に言えば人間は可憐《かれん》で脆弱《ぜいじゃく》なものなので、排除にしろ、差別にしろ、拠《よ》って立つ正当な根拠《こんきょ》を欲《ほ》しがるものなのだろう。

（2020年）

*ノンバイナリー……男性でも女性でもない性自認《せいじにん》をもつ自身の性別を表す呼称。

エピローグ

おりません、知りません、わかりません

「おりません、知りません、わかりません」

これは妹が生まれて初めて電話を取ったときに言った言葉だ。わたしと妹が育った家では、月末になると借金の取り立ての電話が鳴り響《ひび》くのが常だった。だから、月末には電話に出るなと親に言いきかされていた。そのため、ティーンの頃《ころ》のわたしは、月末になると連絡《れんらく》が取れない人になった（携帯《けいたい》なんてものはなかった時代だった）。が、ある日、執拗《しつよう》に諦《あきら》めない電話があった。こちらが家にいるのがわかっていて、延々とベルを鳴らし続けるサラ金督促《とくそく》担当者の嫌《いや》がらせである。

当時、妹は小学校低学年だったと思う。アニメ番組か何かを見ていたが、いつまでも電話のベルが鳴ってテレビが聞こえないので、スッと立ち上がり、いきなり電話に出た。そして、「もしもし」も何も言わずに、「おりません、知りません、わかりません」と一気にまくしたててガチャッとそのまま切ってしまったのである。

予期せぬ妹の行動にわれわれ家族は一瞬《いっしゅん》かたまり、そして笑った。母も父も、妹本人も

腹を抱《かか》えて笑っていた。あのとき妹が口にしたのは、借金取りの電話にうっかり出てしまったときにわたしがいつも使う言葉だった。（お母さんは？）おりません、（どこに行ってるの？）知りません、（いつ帰ってくる？）わかりません、である。しかし、妹は相手が質問するのを待たずに、先に答えをすべて言って電話を切ったのである。

このときの妹の言葉はわが家では長い間ジョークのネタになった。

「生まれて初めて電話取ったときに自分が何て言ったか覚えとう？」

「おりません、知りません、わかりません、やろ」

そう言っていまだに妹と笑い合うときがある。

わたしはこの種の話をけっして家庭の外でしたことがなかった。もちろん恥《は》ずかしいのもあったし、他人に言うべき話ではないと思っていたからだ。だけど一度だけ、とても仲が良くなった女の子がいて、きっと不覚にも気を許していたのだろう、ちらっと話してしまったことがある。

が、彼女《かのじょ》の反応はわたしが想像していたのとまったく違《ちが》っていた。彼女は笑うどころか、いままで言うドン引きした表情になり、強《こわ》ばった声音《こわね》でこちらを批判するように言った。

「それがどうしておかしいのかわからんよ。小さい子どもが電話でそんなこと言わないかんなんて……それが初めて電話で言った言葉やなんて……なんか悲しい」

そのときわたしは悟《さと》った。貧乏《びんぼう》でない人々は、貧乏な家庭の話に傷つくのだ。

そして、おそらく彼女を本当に傷つけたのは、わたしの家が借金だらけだという経済的な状況《じょうきょう》ではなく、わたしの家庭で語られていたことのガサツさと繊細《せんさい》さの欠如《けつじょ》である。

わたしはそのとき、階級というものが何であるかを知った。

＊＊＊

8年ぶりに算数教室のアシスタントのボランティアを始めた。

旧知の数学講師から久しぶりに連絡があり、相変わらずあの手この手で口説き落とされ、「イエス、アイ・ウィル・ヘルプ・ユー」と言ってしまったのである。

長いロックダウンの犠牲《ぎせい》になった多くの人々の中に、中学2年生の生徒たちがいる。英国では、二桁《ふたけた》の足し算や引き算ができないままに中学校に進む子どもたちがけっこういることが、長いあいだ問題視されてきた。それで、多くの公立校では、中学1年生の補習クラスを設けている。基本的な単語の読み書きと、小学校で履修《りしゅう》すべき算数を放課後に教えるのである。ところが、コロナ禍《か》で長い休校が続いた昨年はそれができなかった。つまり、昨年、中学に上がった子どもたちは不運にもこの補習を受けられなかったのである。

そこで立ち上がったのが前述の数学講師だった。

コロナによる行動規制がほぼ全面解除になると、彼《かれ》はいろんな公営住宅地にあるコミュニティ・センター（公民館のようなもの）や図書館で、小さな算数教室を始めたのである。対象は、中学入学時に読み書きと算数の補習が受けられなかった中学2年生の子どもたちだ。

その彼から、「また手伝ってほしい」というメールが来たときには、正直、びっくりした。まだわたしの連絡先をキープしていたのか、という驚《おどろ》きもあったが、いまは書く仕事に専念しているわたしに、突然《とつぜん》8年前からメールが届いたような、不思議な気分になったからだ。

そもそも彼は私の算数の先生だった人だ。民間の保育園に就職することになったとき、国語（要するに英語）と算数の義務教育修了資格《しゅうりょうしかく》を示す書類を提出してほしいと言われた。そんなことを言われてもわたしは日本で義務教育を修了したので、そんな書類はない。それに、ふつうはこういうときに使うことができるらしい日本の大学の卒業証明書の英訳も、高卒の身なので用意できない。

だから、就職先の園長の勧《すす》めで、国語と算数の義務教育修了検定試験を受けることになり、その準備コースに入ったら、そこで彼が教えていたのである。ところが、初回、2回目とコースに通うにつれ、わたしは周囲から浮《う》き上がってしまった。これはわたし本人がどうというより、日本で算数教育を受けた人はみんなそうなると確信しているが、あまりにもコースの問題が簡単すぎて秒で終わってしまい、することがなくなるのだ。それで、数学講師は、わたしに「もう出席しなくていいから検定試験の日だけ来るといい」と言ったのだったが、隣《となり》に座《すわ》っていたおじさんに簡単な計算のし方を聞かれて教えていたわたしを見て、「生徒としてじゃなくて、講師アシスタントとして来る？　ボランティアしない？」と誘《さそ》ってきたのだった。

あの教室で見たことは、それまで自分が英国に対してもっていた考えを根本的に変えた。20代の若者から中高年の人々まで、-10度と5度ではどちらが寒いのか答えられない大人たちがずらっと教室に並んでいたのである。

格差だの階級だのという言葉はメディア空間では日常的に目にする表現だが、英国の教育格差とはこういうことだったのかと思った。

大人の年齢《ねんれい》に達する前に、学校に通っているうちに支援《しえん》を受けることの重要性は、あの教室に立ったことのある者にならわかる。検定コースを受けに来ていた人々は、それぞれ「就職できない」「昇進《しょうしん》できない」「雑貨屋でいつも釣銭《つりせん》を誤魔化《ごまか》されている気がする」という切実な理由から算数を教わっていた。

あのときの経験から、教育支援の重要性はわかっていたが、それでも最初は断ろうと思っていた。それでなくとも締《し》め切りに追われてノイローゼ気味のときに、ボランティアなどやっている場合じゃないと考えたからだ。だが、返信をしないうちに、数学講師からの「お願い」メールが連続ジャブのように入ってきて（彼はわたしのプッシュに弱い性格をよく知っている）、結局、週に2回だけでいいならという条件つきで、また算数教室の手伝いをすることになった。

しかし、これがやはりOKしたことを後悔《こうかい》するようなハード・ワークである。

なにしろ相手は難しい年ごろの中学生だ。しかも、おしなべて勉強があまり好きではない。むかし手伝っていた成人向けの算数教室の場合は、各人が勉強しなければならない理由を抱えて自発的に教室に来ていたが、こちらは学校の先生やソーシャルワーカーの勧めでしかたなく来ている子ばかりである。はっきり言って、やる気がない。

保育園児のほうがまだ読み聞かせの時間の集中力はあったぞと思うぐらいだ。何をやっても報《むく》われない徒労感に襲《おそ》われながら、「スマホの音を切りなさい」「カーテンに隠《かく》れて寝《ね》るのはやめなさい」などと言って教室内をうろうろすることが業務の中心である。

けれども、そうやって「ああ、もうやめよう。こんなボランティア、ぜったい今週でやめよう」という決意を固めていると、何の因果かふっといい瞬間がやってくる。

それは誰《だれ》かが初めて両手の指を使わないで引き算できるようになった瞬間だったり、十進法の概念《がいねん》がわかった瞬間だったりする。

「え、できたじゃん」

と、自分自身に驚いたような、うれしそうな顔をするのは中学生も成人も同じだ。この瞬間を経験すると、彼らはもっと「え」と思う瞬間を体験したいと思うようになる。学ぶことへの態度が変わってくる。この算数教室での経験を通じて確信していることがわたしにはある。

人間は基本的に、わからなかったことがわかるようになるとうれしいのだ。

＊＊＊

教室からの帰り、バスの中で読んだ新聞に、タイムリーに教育格差に関する記事が出ていた。英国の（無料で通える）公立校の年間1人当たり教育支出と、私立校の年間学費の差が著《いちじる》しく拡大し、後者が前者の90％増になっているそうだ。

その背景には、私立校の学費が上がったことと、それに反比例するように政府の公共部門への財政支出が減少していることがあるという。

過去10年間、保守党政権は緊縮財政《きんしゅくざいせい》を行い、福祉《ふくし》、教育、医療《いりょう》などへの財政支出を削減《さくげん》した。子どもの貧困が広がり、格差の拡大や貧困が頻繁《ひんぱん》に話題になるようになった。アカデミズム、文化、ジャーナリズム、政治、エンターテイメント、スポーツなどの分野をミドルクラスより上の階層の出身者が支配するようになり、こうした業界で労働者階級出身者を見つけることが難しくなったと言われるようになった。

一昔前なら、「労働者階級の子どもが出世したかったら、サッカー選手になるか芸能人になるしかない」と言われたものだったが、いまやそちらも恵《めぐ》まれた階級の出身者で占《し》められているということである。

私立校の学費は上がり続けても、私立校に通っている生徒の数は10年前とそう変わっていないらしい。年間数百万円の授業料を払《はら》って子どもを私立校に行かせる保護者の数は、緊縮の時代だろうが何だろうが安定しているということだ。さらに、海外に住む保護者が寄宿舎のある英国の私立校に子女を入学させるケースが増え、外国籍の私立校の生徒が増えているそうだ。

なんにせよ、わたしがボランティアをしている算数教室のような場所から見れば、まばゆくて直視できないようなポッシュな世界の話だ。当たり前だが、経済格差が広がれば広がるほど、子どもたちの格差も広がる。

私立校と公立校の格差が広がれば（つまり、公立校に通う生徒1人当たりに対する公的教育支出がいまのまま減少すれば）、どのような支障が出るだろうか。

さしあたり、1クラスの人数が増え、教員の数が減って、足し算、引き算ができないうちに中学に進学する子どもの数が増えるだろう。そしてたとえコロナ禍でなくとも、こうした生徒たちを支援するための補習を行える学校もなくなるだろう。

それでいいじゃないかと言う人たちもいる。

良い教育はお金で買える。良くない教育を受けても、能力のある子は伸《の》びるんだと。それが能力主義の世の中だというのだが、能力は良い教育を受けることで発揮できるものだったりする。

教育がお金で買える世の中は、能力だってお金で買う世の中だ。買えない子どもたちは見捨てられている、とは言いたくない。社会というマクロな視点で言えば、それは無駄《むだ》にされた宝の山だ。宝の持ち腐《ぐさ》れ、というやつである。

＊　＊　＊

「ぶっ。はははは。これ最高。めっちゃいい」

算数教室で生徒たちの学校の宿題を見ていた大学生のボランティアがいきなり吹《ふ》いているので、どうしたのかと近づいてみた。

「これ、見て。ははは」

と、彼は大笑いしながら一人の少女の机に置かれたプリントの一部に人差し指を乗せた。

そこにはこう書かれている。

3x＝6
x＝kiss
そりゃ確かにxはキスだよな、間違いではない、と内心ウケながら笑いを押《お》し殺していると、ボランティアの青年は「いや、これは実にいい答えだ」と言いながらホワイトボードの前に歩いて行って、いきなりxxxxxxと書きつけた。

「ワッツアップでメッセージを書くとき、友だち1人につき3つずつキス（x）を付けたら全部で6回『x』のキーを押したことになっていました。さて、僕《ぼく》は何人の友だちにメッセージを送ったのでしょう」

彼は少女のほうを見ながら言ったが、彼女は笑われたことで気分を害したらしく、反抗《はんこう》的《てき》な目でボランティアの青年を睨《にら》んでいた。しかし、彼が

「ここにあるのは6つのキスだよね。1人当たり3つのキスを付けるとしたら……」

と言って、3つ目と4つ目のxの間に1本の線を引くと、

「……2人？」

と答えた。

「そう、それが答え！　この問題の答えは2。2人にメッセージを送ったということ」

ボランティアの大学生が晴れ晴れした顔で言ったとき、教室の後ろで唐突《とうとつ》に「パーン」と音がした。数学講師がパーティ・クラッカーを鳴らしたのである。彼だって成人向けの算数教室のときはもっと渋《しぶ》かったというか、淡々《たんたん》とクールに教室を運営していた。が、12歳《さい》の子ども相手にそれでは通用しないと悟ったのだろう。正しい答えが出たときにパーティ・クラッカーを鳴らしたり、スマホでトランペットのファンファーレを鳴らしたりして

祝福するのだが、子どもたちはだいたい、ものすごく迷惑《めいわく》そうな顔でそれを見ている。

このときも例外ではなく、少女は「アホなの、このおっさん?」みたいな暗い目つきで数学講師のほうを見ていたが、すぐに宿題のプリントの「x = kiss」のkissをティペックスで消して2に書き直していた。

宿題に手も足も出ないからkissという答えを書いたのだ。

ジョークで書いた部分もあったにせよ、答えがわかるなら最初から2と書いていた。だからこそ、2と書き直している。そう思うと、宿題の答えがわからない生徒の苦し紛《まぎ》れのユーモアに、あんなにウケて大笑いしていいのだろうかとも感じてしまう。それに、初歩的な問題が解けるようになったからといって、パーティ・クラッカーやファンファーレを鳴らしたりするのもちょっと大げさ過ぎて、バカにされている気分になる子もいるのではないか。

だが、数学講師はこの教室のモットーは「笑いながらやっていく」だと言う。「笑い」は粗雑《そざつ》で暴力的なものにもなり得る。だが、彼はこの場に必要なのは「笑い」だと決めたのだ。ならば、わたしも、いろいろ考え込《こ》んで陰気《いんき》に沈《しず》んでいる場合ではない。

カーテンの下からスニーカーの足が覗《のぞ》いているので、また窓枠《まどわく》に座って寝ている生徒がいるのだと思って出て来なさいと言うと、「I'm not here」という答えが返って来た。ため息をつきながら振《ふ》り返ると、別の生徒がプリントを失《な》くしたと言うので、どうしてそんなことになったのかと問えば「I don't know」と両手を広げている。「kiss」の少女の隣に座って割り算を教えている数学教師に、少女が大きな声で「I don't understand!」と言ったのが聞こえた。

ふっと、自分の少女時代に連れ戻《もど》された。

同じじゃないか。

おりません（I'm not here)。

知りません（I don't know)。

わかりません（I don't understand)。

わたしは笑った。そしてあのとき、友だちに言い返したかったのにうまく言葉にできなかった言葉がようやくわかった気がした。

うちの家はみんなで笑いながらやっとるんよ。

40年も経《た》ってから返す言葉を思いついてもしかたがないのだが。

おわりに

わたしは「地べた」という言葉をよく使う。この言葉を「地べたを這《は》いつくばる」から来ていると思っている人が多いが、わたしがこの言葉を使うときに脳裏に浮《う》かべているのは別の言葉だ。

DOWN TO EARTH

足がしっかりと地に着いた、という意味である。

もう一つ、わたしがよく使う言葉に「他者の靴《くつ》を履《は》く」というものもある。そういうタイトルの本を書いたことがあるし、この本にも一部が取り上げられているが、その後、日本の若い人たちと話をしていると、日本ではまず「自分の靴を履く」ことのほうが大事なのではと思うようになった。

だが最近、20代の人たちと座談会をしていて、さらに考えたことがある。

日本では、「靴」よりも「絨毯《じゅうたん》」のほうが問題として深刻なのではないかということだ。

例えば、日本の学校では、同じ制服を着て、同じような髪型《かみがた》で、細かい規則を守って生きろと言われる。これは、自分の靴を脱《ぬ》いで裸足《はだし》になり、みんなこの絨毯に乗って来いと言われているようなものだ。

家庭や職場、国なんかも、それぞれサイズは違《ちが》うが、絨毯と呼んでいいだろう。各人が自分の靴を履いて絨毯に乗ってくると、お前の靴は派手で目障《めざわ》りだとか、あなたの靴は大きいので場所を取っているとか、みんな一緒《いっしょ》じゃないと美しくないとか言う人が出てくるので、平等に靴を脱ぎましょう、他人様に迷惑《めいわく》をかけないように、となる。

それで絨毯が調子よく飛んでいるうちはいいかもしれない。しかし、空飛ぶ絨毯の魔法《まほう》はいつか切れ、地に落ちるときがくる。学校は数年で卒業するし、職場だって潰《つぶ》れるかもしれないし、国は衰退《すいたい》することがある。絨毯が落ちたらどうするのだろう。そのときは、みんな自分の靴を履いて地べたを歩き出すしかない。

わたしは約30年前に自分の靴を履いた。海外に出たからだ。英国には自分の靴を履いて歩いている人が多かった。いろんな国から来た人が多かったからかもしれない。空飛ぶ絨毯とかは当てにならないから、自分の靴を履き、たまに他者の靴を履いてみたりしながら困ったときは助け合い（これを相互扶助《そうごふじょ》という）、寄り添《そ》ったり離《はな》れたりしながら地べたを歩いていく。これをDOWN TO EARTHな生き方と呼ぶ。

こういう考え方は個人主義的だと思う人もいるだろう。だが、他者が自分とは違う靴を履いているとわかるのは、自分も自分の靴を履いて歩いているからだ。靴を脱いで裸足でわんさか絨毯に乗っていたら、どうせ裸足なんだから踏《ふ》んだってたいして痛くないだろうとか、足の爪《つめ》の長さまでみんな同じにしようとか、水虫になった人は絨毯から突き落とそうと言い出す人なんかも出てきて、どんどん息苦しい地獄《じごく》になっていくのではないだろうか。

というようなことを人に話すと、よく聞かれる質問がある。

「でも、どうやったら自分の靴を履けるのですか」

自分自身の靴を形作るものこそ、この本のまえがきで言及《げんきゅう》した、自分の足元に立ち上がってくる問いではなかろうか。そしてその探求をすることで、わたしたちは自分の靴を履くのだ。

たぶん、あなたの問いはもう立ち上がっているだろう。

目をそらさなければ、足元にありありと見えてくる。

出典一覧（本文末尾にある年は執筆年）

◆花の命はノー・フューチャー『花の命はノー・フューチャー』ちくま文庫　2017年
◆子どもであるという大罪『花の命はノー・フューチャー』ちくま文庫　2017年、改稿
◆ガキどもに告ぐ。こいのぼりを破壊せよ『ジンセイハ、オンガクデアル』ちくま文庫　2022年
◆RISE　出世・アンガー・蜂起『子どもたちの階級闘争』みすず書房　2017年
◆石で出来ている『オンガクハ、セイジデアル』ちくま文庫　2022年
◆君は「生理貧困、ミー・トゥー！」と言えるか『ブロークン・ブリテンに聞け』講談社文庫　2024年
◆ヨイトマケとジェイク・バグ『ジンセイハ、オンガクデアル』ちくま文庫　2022年
◆どん底の手前の人々『THIS IS JAPAN』新潮文庫　2020年（初出『THIS IS JAPAN』太田出版　2016年）
◆キャピタリズムとは『オンガクハ、セイジデアル』ちくま文庫　2022年、改稿
◆ウーバーとブラックキャブとブレアの亡霊『ワイルドサイドをほっつき歩け』ちくま文庫　2023年
◆歴史とは『ヨーロッパ・コーリング・リターンズ』岩波現代文庫　2021年
◆誰かの靴を履いてみること『ぼくはイエローでホワイトで、ちょっとブルー』新潮文庫　2021年
◆エンパシーの達人、金子文子『他者の靴を履く』文春文庫　2024年
◆自分を手離さない『他者の靴を履く』文春文庫　2024年
◆おりません、知りません、わかりません「群像」講談社　2021年12月号掲載の同名エッセイを改稿

次に読んでほしい本

榎《えの》本《もと》空《そら》
『それで君の声はどこにあるんだ？
――黒人神学から学んだこと』 岩波書店、2022年

著者は27歳《さい》のとき、米国に渡《わた》り、マンハッタンにあるユニオン神学校の門を叩《たた》いた。黒人解放の神学を提唱したジェイムズ・H・コーンに学ぶためだ。

この黒人神学のレジェンドから直接教わった日本人がいるというだけでもレアなのに、この著者がまたレアなほど文章がうまい。黒人が背負ってきた過去や、キリスト教がそれにどう応え得るのかについて教わった著者は、魂《たましい》を揺《ゆ》さぶられるような講義に幾度《いくど》も出席しながらも、最も心に残っている師の言葉はこれだったという。

“Find your voice”――自分の声を見つけなさい。

問いは立てるな、自分の足元に立っている問いに耳を澄《す》ませ。ジェイムズ・H・コーンも、そんなことを学生たちに言っていたのかもしれない。

松本《まつもと》哉《はじめ》
『世界マヌケ反乱の手引書 増補版
――ふざけた場所の作り方』
ちくま文庫、2024年

日本の地べた派の第一人者としてわたしが挙げたいのが松本哉さんだ。誰《だれ》ですか？ と思った人はネットで検索《けんさく》してみてほしい。「素人《しろうと》の乱」とか「貧乏人《びんぼうにん》大反乱集団」とかいう、不穏《ふおん》な言葉を目にすることになるだろう。彼《かれ》のすごいところは裸足《はだし》で絨毯《じゅうたん》に乗らず、というか、絨毯に穴が空いているのを見つけてスルッと地上に降り、自分の靴《くつ》を履《は》いてさっさと歩き出し、精力的にふざけた場所を作っては、海外にまでとことこ歩いて行って世界のふざけきった拠点《きょてん》を繋《つな》いでいる人であること。

もう空飛ぶ絨毯に乗ってるのは息苦しくて嫌《いや》なんだけど、一人で飛び降りるのも勇気いるし、大変そう……と思う人には、彼が提唱する「穴からスルッと抜《ぬ》ける作戦」をお勧《すす》めしたい。なんか、思ったのと違《ちが》ってめっちゃ楽しそう、という気分になるだろう。同じようなことをやたら難しい言葉で書く先生とかもいるんだけどね。

金子《かねこ》文子《ふみこ》
『何が私をこうさせたか
——獄中手記《ごくちゅうしゅき》』
岩波文庫、2017年

この本の中に「エンパシーの達人」として出てくる金子文子が、その一方でどれだけのニヒリストであり、アナキストであったかは、この自伝を読めばわかる。子どもの頃《ころ》の描《びょう》写《しゃ》は、いまのティーンにはきついものがあるかもしれないが、日本にはこういう時代もあったという事実を知り、いまの日本にだってこういう子どもがいるのではないかという、エンパシーの試金石にもなるだろう。何より、金子文子は韓国《かんこく》ではよく知られており（『金子文子と朴烈《パクヨル》』という映画が2019年に韓国で公開され、数々の賞を受賞している）、日本ではなぜそうなっていないのかということを考えてみてほしい。

彼女《かのじょ》は日本に生まれながらも最初からまったく絨毯に乗ったことのない、珍《めずら》しい人だった。

ブレイディみかこ

1965年福岡市生まれ。ライター・コラムニスト。高校卒業後、音楽好きが高じてアルバイトと渡英を繰り返し、1996年から英国ブライトン在住。ロンドンの日系企業で数年間勤務したのち英国で保育士資格を取得、「最底辺保育所」で働きながらライター活動を開始。著書に『子どもたちの階級闘争』（みすず書房）、『ぼくはイエローでホワイトで、ちょっとブルー』（新潮社）、『他者の靴を履く』（文藝春秋）など多数。近年は、『リスペクト』（筑摩書房）、『両手にトカレフ』（ポプラ社）などの小説作品も手がけている。

ちくまQブックス

地《じ》べたから考《かんが》える

世界《せかい》はそこだけじゃないから

2024年10月5日　初版第一刷発行
2025年 3 月5日　初版第三刷発行

著　者　　ブレイディみかこ
装　幀　　鈴木千佳子
発行者　　増田健史
発行所　　株式会社筑摩書房
　　　　　東京都台東区蔵前2-5-3　〒111-8755
　　　　　電話番号03-5687-2601（代表）
印刷・製本　中央精版印刷株式会社

ISBN978-4-480-25152-7　C0395